U0144343

# 盤上之敵

盤上の敵

作者 北村薰

譯者 張智淵

# 盤上之敵 — 目錄

盤上之敵

第一部

# 佈棋

# 第1章　黑國王登場

1

當朋友提起打獵時，章一郎想起了以細線穿洞的空罐。

沙丁魚罐或秋刀魚罐罐身都太淺了並不適合，而且視覺效果欠佳；但是橘子罐或水蜜桃罐正好大小適中，於是章一郎從貯藏室拿出三個空罐。

他兩膝緊緊夾住空罐，用錐子在罐底鑿出兩個小洞，再以風箏線穿過小洞。風箏線是纏繞在厚紙板製成的線軸上，一鬆開線頭，便宛如女兒節娃娃張開的五指一樣。章一郎先用唾液將線頭搓尖，再把線穿過罐底的小洞。他的母親有潔癖，連空罐也仔細清洗，罐內發出金色的光芒。當時使用的並非現今的開罐器，因此罐口留下鋸齒狀的邊緣；章一郎在罐口留下兩公分作爲鉸鏈，將蓋子往內摺。

章一郎一邊留意以免割傷手指，一邊用錐子頭引線，將線穿過另一個洞再拉出來打結。

最後他完成了三個以細線穿洞的空罐。

章一郎記得那是春假的某一天。當時，他看了舊掛鐘一眼，確認約定的時間，出門前往廢棄的學校。

學校位於鎮上，遭到美軍轟炸後便棄置不用。當時似乎是一支襲擊東京的小隊在回程途中丟下剩餘的炸彈，他們從空中鳥瞰，八成是將學校誤爲是軍營吧。那所學校在章一郎上國中時拆除，改建成新的鎮公所。

遭到轟炸的三十多年後，學校搖身一變成窗明几淨的公共場所。

但是，從前並不是這樣的。

學校的左手邊是一片茂密的草木，看在小時候的章一郎眼裡，儼然像座「森林」。一棵傾倒的樹木斜倚在另一棵樹上活了下來。他不清楚那棵樹是因爲雷擊還是傳言中的美軍轟炸而傾倒。章一郎一如往常，像走獨木橋般走在半傾倒的樹幹上。

薄暮中，冰涼的空氣拂過臉頰，幾束光線從葉隙間灑落，一隻羽虱忽地從光束附近飛過。

章一郎從比自己稍高的樹幹上一躍而下。由於大家都這麼往下跳，所以附近唯有這個著地點野草稀疏。

章一郎的帆布鞋陷進潮濕的黑土裡，他沿著前人踩出來的小徑走了幾步，高大的樹木忽焉消失，視野豁然開朗。

腳底下變成了寸草不生的水泥地，只見綠意鑽出水泥裂縫毅然生長。

如今鎮上已鮮少看得到野草叢生的地方。草地也從章一郎的記憶消失了。但是，若試著回想，昔日與那群玩伴的集合地點四周長滿了比人還高的草，那是個四方形的白色聖域——

周圍綠意盎然，頭頂上是一片青空，一個與世隔絕，只屬於他們的祕密基地。

章一郎不曉得那是學校被炸毀的哪個部分，但應該是某個建築物的遺跡。

那裡有一面低矮的水泥牆，高度約及孩童的腰際，應該是昔日建築物的地基吧。

章一郎將細線穿洞的空罐在等待已久的玩伴面前拿了出來。

「這是什麼？」

「喏，西部片裡不是常會擺放空罐，然後用手槍射擊嗎？」

章一郎揚眉得意地說道。神槍手將空罐排放在牧場柵欄上，然後舉槍瞄準，空罐應聲彈開——當電視機好不容易普及時，經常播放這種重新配音的西部片。

與其解釋半天，還不如實際示範來得快。章一郎將三個空罐並排在水泥牆上，然後躲到牆後面，配合朋友手槍的槍聲，拉扯風箏線。

「帥呆了！」

這次換朋友躲到牆後。

章一郎從褲袋拿出黑色手槍，那是在學校旁的雜貨店買來的百連發玩具手槍。

他們也經常用可以射出鋼珠的玩具步槍瞄準靶子，玩起西部槍戰遊戲。然而，使用火藥的手槍另有一種讓人雀躍的樂趣。將紙條——以現今的說法，是捲成像透明膠帶的形狀——一圈圈地捲起來就成了「子彈」。

紙條上有火柴頭大小的突起物，它們就像皮帶的洞孔般一個接一個等距分佈在上面，而火藥就在突起的部分裡。紙條則是鮮艷的黃色。

將一卷「子彈」放進手槍，把紙條前端從手槍上方拉出來，並將第一顆子彈火藥突起的部分對準正確的位置，一扣扳機，擊錘便會落下擊發火藥。每開一槍，紙卷就會自動轉至能夠再次射擊的位置，因此稱為百連發。

「從右到左喲。」

章一郎一說完便告訴自己「瞄準右邊」。要是沒準備瞄準的靶子彈開那可就掃興了。他一架起手槍便眯著眼睛，然後伸出手臂，扣下扳機。

雖然是聽慣了的槍聲，但是看見空罐應聲掉落，便覺得這槍聲有所不同，就連竄入鼻腔的火藥味和揚起的煙霧也覺得特別不一樣。

## 2

章一郎家裡原本是開蔬菜店，但因為他沒來由地喜歡花卉，於是試著販賣，現在反倒成了花店。

他的蔬菜店受到大型量販店的衝擊，蔬菜的生意大幅滑落。然而，或許是鄉下小鎮的緣故，鎮上沒有花店，而住宅區沿著國道如雨後春筍般興建，隨著年輕客層的增加也帶來一些生意。

章一郎的父親曾說：「賣花能糊口嗎？」他的腦袋大概只有「商品一定得是生活必需品」這種古板觀念吧。章一郎不同意父親的說法，於是更加努力鑽研，試著在店裡擺放便宜又能隨興放置的盆栽，闢出一個放置別致花卉的區域，但目的不在販售，而在吸引客人，他也在報紙裡夾放廣告單。

沒想到父親說走就走。父親身後一年，章一郎明知這麼做很不孝，最後還是決定將店面改裝成花卉專賣店。

由於時勢所趨帶動了住宅區的形成，新住戶逐年增加，章一郎的花店也跟著生意興隆。章一郎全心投入後才發現，原來花店是一門較無風險的生意。自從泡沫經濟瓦解以來，他曾擔心「花店生意會不會經不起不景氣的衝擊」，但是結果正好相反，客人似乎認爲「因爲無法花大錢享受，所以至少買花應應景」。一般人對香草和園藝等耳熟能詳，所以除了鮮花，連刊登花卉流行趨勢的廣告和各式商品的準備也疏忽不得。

就在章一郎即將迎接五十大壽時，他開始思考下半輩子的生活。往後的人生還長，自己努力奮鬥了一輩子，想開始培養一點興趣。雖說自己原本就喜歡花草，但這畢竟是變成了工作。他希望培養完全不同的興趣，一種有別於留給兒子繼承的家業的興趣。

章一郎在國中同學會上，久別重逢的朋友碰巧提起自己的興趣。

「我在玩槍。」

聽到朋友這麼說，章一郎的腦海頓時浮現讀小學時對那所廢棄學校的回憶——彈開的空罐，身穿短褲、腳踩帆布鞋的自己。

射擊這兩個字令人好生懷念。

那名朋友是個生性好爲人師的男人。他身子微微前傾，高談闊論，當場給大家上了一堂射擊入門的課。

雖然章一郎頻頻點頭稱是，但畢竟是酒席間的閒聊，回到家也就忘得一乾二淨了。

有一種香草叫山蘿蔔，也有人稱爲法國荷蘭芹。在蔬菜短缺的冬季，如果家裡有一盆山蘿蔔，做菜就方便多了。這種植物大概能存活兩個月，只要放在廚房的窗邊澆澆水，隨時都能拿來調味。

一旦天冷了，章一郎除了賣花之外，也會賣山蘿蔔。每當有家庭主婦上門，他只要說這種植物物美價廉，對方通常都會捧場。

山蘿蔔的薄嫩綠葉優雅細緻，令人賞心悅目，而且實用。更重要的是，它會讓廚房變得雅致，博得太太們的歡心。

章一郎偶爾會到鄰鎮的園藝中心。那裡賣的白蘿蔔壽命很長，細小的葉片邊緣呈日曬褪色的紙張色澤。章一郎會若無其事地聊起這件事，並爲自己的店宣傳一下。

章一郎採薄利多銷的經營策略，他的店並非園藝店，所以這類植物不會成爲重點商品。但是他很高興能夠透過盆栽與客人建立感情。

有時客人買回家後，過一陣子會帶朋友來，對著朋友說：「那個很棒喲。」

甚至有些客人會跑來告訴他哪家餐廳在肉裡加入山蘿蔔調味，或是發現西點裡加了山蘿蔔。

從賣方來看，這眞是一種容易繁殖的植物，值得慶幸。當山蘿蔔開始長出幾片葉子時，莖如線般纖細，令人不禁驚嘆，這株植物竟然能夠仰賴它活下來。當章一郎將幾盆稚嫩的小盆栽排好時，郵差送信來了。

章一郎打開信封一看，裡面裝了一本薄薄的書——或許該說是小冊子比較貼切。書封是一名年輕女子在野外架著槍的照片，明明是那麼豪邁的姿勢，臉上卻化著妝，頭髮也梳整得一絲不苟。

《考取槍枝持有證照入門》，這是那個朋友特地寄來的。章一郎曾向他要名片，卻忘了他住哪，一看寄件人的地址，原來就在鄰縣，但因爲靠近這個城市，所以兩地距離並不遠。

「一起去獵鴨吧。」

信上這麼寫，看來他是認眞的。

隨信還附上題庫，令章一郎想起了考汽車駕照時的事。

一看到要考試，有人或許會嫌麻煩吧。然而，章一郎從以前就是那種容易一頭栽去的人；一旦手裡握著這種書，就會一手拿著紅色粉彩筆埋首苦讀。

結束一天的工作後，章一郎坐在暖爐桌打開題庫，開始研讀。

朋友似乎想讓章一郎成爲自己的打獵夥伴，給了他許多建議。章一郎一通過考試，朋友就帶他去射擊場，甚至替他辦手續成爲會員。

射擊一局是二十五發子彈，章一郎玩了十局。

「你很有天分嘛！」朋友這麼說道。

霰彈像撒豆子般四散打在遠處的圓靶上，一看到圓靶在藏青色的天空下朝四面八方碎裂開，便有一種揮出右拳必能以左掌穩穩接住的快感，但是一旦沒打中，便有一種怎麼漏接了的失落感。子彈已經離開槍枝，而留在手中的感覺卻截然不同，這就是所謂的手感吧。

爲了嚴密保管槍枝，家裡必須設置保險櫃。章一郎買了朋友推薦的義大利製槍枝，花了二十餘萬圓。就霰彈槍而言，這個價錢並不算貴，但是章一郎告訴妻子只花了十餘萬圓。

全新的霧面槍身看在章一郎眼裡，簡直就像一把塑膠槍，但是拿在手裡，卻沉甸甸的。到了冬天，充當教練的朋友說：「總算可以去打獵了。」

如果是章一郎一個人的話，上射擊場也就夠了，不，或許這樣也就結束了。而添購服裝，或必須取得地方政府許可的狩獵證等，所有初學者覺得麻煩的雜事，若有人在前面領著，他只要跟著走就行了。

「……鴨子啊。」

章一郎一開口，對方便若無其事地說：「還有鹿喲。」

不過，這麼一來，使用的子彈也就跟著不同。一般初學者都是從獵鳥開始，但是「鹿」這個字卻在章一郎耳畔縈繞不去。

小時候章一郎曾看過大人以空氣槍射鴨。獵鳥還算是平常接觸得到的部分，但是獵鹿，感覺則像是另一個世界的事。

## 3

章一郎第一次打獵的日子定於一月底。

在關西讀大學的兒子此時回家過年，以父母對孩子耳提面命的口吻，提醒章一郎注意安全，妻子倒是沒有太過嘮叨。

朋友配合章一郎花店的公休日請假。那一天章一郎凌晨三點起床，穿上事先準備好的獵裝，喝下熱咖啡。他不忍吵醒妻子，躡手躡腳地出門坐上汽車。

章一郎心想，到了春天，全家一起去泡溫泉吧。

不出所料，國道上沒什麼車。雖然花店批貨的時間也很早，但是章一郎不曾這麼早出門。

章一郎下了環狀快速道路，開上江戶川沿線道路。離開沿線道路後，四周不見人影。右手邊的河堤看起來像一堵漆黑的牆，左手邊是一片田地與樹林，但是天色未明，仍然籠罩在夜幕裡。

朋友約章一郎在家裡會合，之後再一塊前往打獵場。這條路章一郎走過幾次，根本不必擔心會迷路；途中有一座民營鐵路的鐵橋，橋墩擋住了去路，因而無法從鐵橋下方穿過，必須繞道而行。

章一郎看著正前方一個指向左邊的大箭頭，放慢車速。

迴轉道的入口不知爲何視野不佳。如果是大白天，章一郎應該會先停下來確認是否有來車，但是從下環狀快速道路到現在，一路上沒遇到半個人。

冬天的這個時間，不可能有人在這種地方閒晃。

章一郎會這麼想也不是沒有道理。

轉彎的地方並列著面向電車道的廣告看板，與包覆稻草的樹木。當章一郎轉彎後，驀地衝出一條黑影。

只見一個人影騎著腳踏車，對方並沒有開車燈。

章一郎原本因爲暖氣而昏昏欲睡，此刻頓時睡意全消。他像是被人拍了一記似地全身緊繃，踩下剎車。

汽車右方發出「咚」的一聲，就在這個時候，腳踏車上的人影跌落地面。

章一郎當時正要開進小路，汽車的速度比衝過來的腳踏車還慢，所以對方並沒有被撞飛。

章一郎一停車，反射性地推開車門，冷空氣隨即灌進來。他的車旁倒著一輛被撞得就像一堆廢鐵的腳踏車。腳踏車旁有個人影雙手著地趴在地上。

對方看起來不像是摔倒，倒像是有意識地將手穩穩撐在地上。

章一郎考取駕照快三十年了，這是他第一次發生車禍。至今也只有一次因爲超速遭警察取締。

章一郎心想，非得設法處理不可。當他試圖讓僵硬的身體離開駕駛座時，那條人影緩緩地從地面站起來。

在這一片漆黑裡，只有車子射出的燈光，也因此車子附近的光線看起來就像沉入深海的手電筒發出的朧朦亮光。

章一郎這才看到對方的臉。

是一名年輕男子，大約二十歲上下，厚唇、細眼，倒八字的濃眉，感覺眼睛與眉毛這四條線全擠到了一塊。他的眼神銳利，給人一股無法言喻的壓迫感。

他生氣了嗎？

章一郎不禁提心吊膽。眼前的這個男人個頭既不高，肩膀也不寬，但是章一郎卻覺得猶如一隻大手從頭頂罩了下來。

章一郎因爲工作的關係，習於搬重物，自認力氣不輸人，但是他的個性並不強悍。這時他只想像個孩子般逃得遠遠的。或許是因爲自己坐著而對方站著的緣故，章一郎被對方的氣勢所攝服。

男人看了章一郎的衣著一眼，那是章一郎聽從朋友的建議而購買的獵裝。

「你要去釣魚嗎？」

章一郎一時不明白對方爲什麼這麼問，但是他很快就明白是自己這一身行頭的緣故。

他總覺得對方彷彿是在責備他——你就是急著去玩，才會撞到我。

「不是。」

「不然呢？」

「呃……我要去獵鴨。」

章一郎即使心裡覺得這和自己撞了人是兩回事，不過還是老實回答。

或許是心理作用，章一郎覺得男人的眉毛輕輕揚了一下。

男人走了過來，章一郎以爲要挨揍了，但是男人並沒有揍他。

章一郎見對方走路沒有異狀而感到放心。或許道個歉就能了事，雖然法律上交待不過去，但是自己正在趕路。如果給對方一萬圓，或許就能息事寧人。一萬圓會不會太少呢？

這時章一郎突然想到，對方從對向不可能沒看到我的車燈，爲什麼他沒有靠右側的路肩騎車或停下來呢？難不成是腳踏車的剎車壞了？

若是別人，或許反而會厲聲責罵對方「刮傷了自己的車」。

男人身上的牛仔褲褲腳沾到了泥巴，他的左腳突然在章一郎眼面彎成「く」字形，重重地喘著氣，口中吐出白煙。

「……我的膝蓋。」

男人一面說一面用左手揉膝蓋。他身上套著一件黑色夾克，但是沒戴手套。

「膝蓋？」

當章一郎正要開口說「受傷了嗎」，男人一副理所當然地打開後座的車門，嚇得他渾身一震。

「……你要做什麼？」

男人立即回答：「去警察局吧。」

章一郎聽到他這麼說才放下心來。雖然不知對方是何方神聖，但是既然他主動要求去警察局，應該就不用擔心了。他看起來傷勢不重，但是爲免日後有所麻煩，或許送他去醫院比較好。這方面警察應該會提供建議吧。

「腳踏車怎麼辦？」

「放著就好。」

反正待會兒應該會帶警察回來現場蒐證吧。若是平常應該是到最近的公用電話報警，等警車過來，但是在這裡卻無計可施，而章一郎身上連行動電話也沒帶。

章一郎試探性地問：「你知道警察局在哪嗎？」

由於平日做生意的習慣，章一郎的口氣顯得客氣。一旦發生車禍，就必須伸張自己的立場，姿態放太低也不好吧。章一郎雖然這麼想，但是他也只會這樣與人說話。

男人從後方探出頭來，比了一個倒轉車的手勢，意思是「先回轉到對向車道，走你剛剛來的路」。

「要回環狀快速道路嗎？」

男人點頭。

無論如何，現在已經趕不上和朋友約的時間了，但是得從警察局打通電話告訴朋友一聲才行。

章一郎按照男人的指示，將車子順原路開回，心想：明明十多分鐘前還心無罣礙，此刻卻惹上大麻煩，自己正像是一隻無端挨了一槍的鴨子。

車子遠離天橋來到更加陰暗的地方時，男人突然說：「停車！」

「嗄？」

「我不舒服。」

章一郎迅速回頭看了男人幾眼，男人一副低著頭、手摀住嘴巴的模樣，後腦勺的頭髮橫七豎八的。難道撞到要害了？但是會到現在才想吐嗎？

章一郎趕緊在河堤邊停車。

當他拉起手剎車正要回頭時，眼前突然有東西移動，發出「嗖」的一聲。章一郎隨即感受到像被小蛇慢慢纏身的壓迫感，驚嚇之餘，他用手抓住它。

那似乎是一條電線。

「你、你……」

章一郎連「你要幹什麼」都說不出來。男人慢慢地拉緊電線，章一郎不得不將背緊靠著椅背，兩隻手抓著電線也使不出力。他對這突如其來的情況不知所措，唯有勒緊脖子的電線感覺最眞實。或許是因爲神經作用的緣故，他不斷眨著的眼直冒金星。

「如、如果你要錢，我可以給……」

章一郎「給你」只說了一半，後面就聽不見了。對方應該是衝著錢來的吧？即使車子被搶也無所謂，章一郎只想設法保命。平日這個時候還在被窩裡睡覺呢。爲什麼會發生這種事呢？眞教人無法置信。

章一郎這時忽然驚覺：

我會死在這裡嗎？

死亡總有一天會降臨，但是爲什麼偏偏挑現在呢？怎麼會這樣？章一郎一想到這裡，淚水忽然從眼眶滾落。

黎明前的黑暗，彷彿就要壓垮自己似的。太陽再過不久就要升起。

——如果要死的話，我不願死在陰暗的地方。啊……怎麼不快點天亮啊？

男人停止拉緊電線，以非常從容的口吻說：「你說要去獵鴨，是吧？」

4

男人要章一郎打赤腳。

章一郎坐在駕駛座上以怪異的姿勢脫下硬皮靴和厚襪子，就像蝦子被剝掉殼一般，光著腳伸出車外。

那個感覺就像將腳踩進一缸混濁的水裡。儘管他的腳底下並沒有水，卻是一片漆黑。夜裡的寒氣積聚在地面上，柏油路上結了一層薄霜。寒冷猶如長牙的生物，從腳板直竄腦門，令章一郎渾身發抖。

任何職業，總是親身經歷過才知箇中難處。賣花是一份煞費體力的工作，需要力氣自不在話下，除此之外，另有不爲人知的一面，那就是「碰水」這項嚴峻的考驗，在冬天裡尤其難受，唯有親身體驗才知其中的艱辛。維持植物生命的水，反倒是折磨著花店業者的身體。手非碰水不可，但是總會設法保持腳的溫暖。

此刻章一郎的雙腳沒有任何禦寒的東西，他很自然地踮起腳尖。

章一郎不僅因爲恐懼，更因冷而牙齒打顫。他覺得自己悽慘至極，而且求助無門。

男人狠狠地踹了章一郎的腰一腳，並扯了一下綁在他脖子上的電線。從男人身上完全看不出他膝蓋疼痛。

男人反覆地說：「我並不想對你怎樣，只是想看你開槍，就這樣。」

章一郎才走了幾步，腳就失去了知覺。幾顆小石子嵌入肉裡，但相較於疼痛，章一郎只感覺到不舒服的壓迫感。即使腳割破皮流血了，大概也不會清楚地感受到疼痛吧。他的腳底感覺就像貼了一塊扁平的板子在上頭。

寒冷出奇地消耗體力，甚至使人喪失了思考能力。章一郎不曉得男人從何想到打赤腳這個點子，然而，若要消除一個人的意志力，這眞是一個立竿見影的方法。

章一郎受不了這種痛苦，雙膝跪倒在地。他想苦苦哀求對方，但胸口被踹了一腳。

自從上國中之後，他就不曾與人打架，更何況是肚子突出的這個年紀，根本不是眼前這種年輕人的對手。

勒住脖子的電線，牢牢地牽制住章一郎的行動。男人像是在測試鬆緊度般地不時拉拉電線，令章一郎作嘔欲吐。

章一郎心想，如果讓他看了槍，事情會一發不可收拾。要是槍被他搶走，事情可就無法挽救了。但是，一旦對方一腳踢在自己低垂的臉上，滿嘴都是血腥味時，一想到這裡，章一郎便深感無力抵抗。

章一郎打開後車廂，從皮箱中拿出槍，再從車內取出藏起來的子彈。

這時，遠方鐵橋方向的天空開始露出魚肚白。

當章一郎裝塡子彈，想要移動槍口時，男人以若無其事的口吻先發制人地說：「你想瞄準我嗎？」

章一郎不停地顫抖，並用力地搖頭。不過，他倒也不是沒有閃過朝男人的腳射擊的念頭。但是，無論對方是誰，章一郎實在無法毫不遲疑地將人當靶子。只要稍一猶豫，對方就會使勁拉緊他脖子上的電線將他拽倒，在這一瞬間脖子將被電線勒緊，說不定就此一命嗚呼。

「不用怕啦……喏，去河堤上射一槍吧。這樣我就放過你。」

男人繞到章一郎後面，押他上河堤。儘管是冬天，低矮的野草依然長得十分茂密。章一郎赤腳走在被露水沾濕的野草中，他以凍僵了、連站都很勉強的雙腿爬上約一層樓高的河堤。霜柱在野草根部跌得粉碎。

男人拿著彈匣跟在章一郎身後。

來到地勢較高處，視野頓時開闊起來，章一郎感覺天色迅速轉亮。

河堤上也鋪著柏油，這裡是汽車無法開進來的小路，站在這裡宛如從高處俯瞰山谷。不知是從河岸的樹叢還是對岸遠方的林間傳來早起的鳥兒的啼囀。眼底所見到處都蒙著一片薄霧，就像輕輕扯開的棉花一樣。河面看起來則像是飽含顏料的灰色緞帶。

天地之間有著濃濃的夜色，東方地平線露出的曙光彷彿要撕裂夜空似的。正好在旭日東升的方向，雲間露出縫隙。

微風吹上章一郎的臉，讓他直冷到骨子裡，眉毛一帶就像被冰打到了一樣刺痛。

沒想到光是赤腳站在地上，體溫下降的速度竟會如此之快。章一郎忍不住又跪了下來。

男人這次沒有踹他。章一郎護雙腿端坐在路面，攏緊雙腿，將臉湊近膝間，手裡緊握著電線。從遠方看來，他應該著像一隻縮著肩膀的猴子吧。

章一郎的側身籠罩在晨曦之中，影子拖得長長的。

在這尚未被污染的光線中，遠方彷彿鋼筆大小的電車行經鋼筋鐵架，看起來猶如模型一般。然而，電車上卻坐著人，過著安全不受威脅的日常生活。電車行經鐵軌的聲音，比起眼睛所見的距離，聽起來感覺更近。

——我想去那裡。如果能在那輛電車上，不知有多幸福。

男人用肩膀頂了一下章一郎，愉快地說：「喏，你試著射那個看看。」

章一郎喘著氣，看了男人的指尖一眼，心想他指的是列車嗎？但是，電車一下子就消失無蹤了。原來男人指的是在鐵橋遠方升起的太陽。

此時的陽光和煦，尚未有中午時分的威力，能用肉眼直視太陽。

章一郎神智渙散，心想就把太陽當成切片的水煮蛋蛋黃吧。

男人以天真無邪的口吻，彷彿在跟玩伴說話：「還是有靶比較好吧？你就試著瞄準那個吧。」

他像是在說——你射空罐吧，我會拉線讓它掉下來。

章一郎心想：

——或許真的就像他說的那樣，只要射兩、三發讓他瞧瞧，他就滿意了。

但是也可能會引人起疑。電車的聲音響徹河面。若是在寧靜的早晨連射霰彈槍，槍聲應該會傳得很遠吧。難保不會有人覺得奇怪而報警。

陽光照亮旁邊的雲朵，冉冉地上升。

章一郎微微地顫抖，跪著架槍。

# 第2章　白皇后發言

## 1

下面這則中國古代的童話故事，是我在一部漫畫裡看到的。

有一次，大王宴請群臣。宴會中刮起一陣風，吹熄了燭火。因爲是在夜裡，四周立即陷入一片漆黑。

這時，大王十分寵幸的妃子突然尖叫。原來是有人趁伸手不見五指的時候調戲她。她在一片漆黑中說：「臣妾剛才從侵犯我的輕薄之徒頭上拔掉髮帶，請大王找出那個披頭散髮的人，嚴加懲戒。」

大王冷靜地說：「眾卿都披頭散髮。」

過了一會兒，大王再次叮囑眾人：「好了嗎？眾卿已依寡人所言披頭散髮了嗎？」

待聽到眾人回應「是」，大王才令人重新點燃燭火，接著就像什麼事都沒發生過地繼續宴會。

幾年之後，敵國揮軍進攻。大王在戰場上險些喪命。就在大王千鈞一髮之際，有一名武將挺身而出，捨命護駕。

「愛卿你竟然如此忠心護主。」大王說道。

「臣就是那一次承蒙大王解圍，才沒有顏面掃地的小人。」

男子說完，面帶微笑地嚥下了最後一口氣。

以上就是故事的內容。

我小時候看完這篇故事非常感動。這種信任是足以讓人捨命的。死亡應該是這世上最可怕的事吧，所以能夠說出「我可以爲這個人、我想爲這個人犧牲性命」這種話，反倒令人感到一種毛骨悚然的幸福。

但是我最近這麼想，這個故事如果是發生在今天，可就成了性騷擾。

## 2

我想，所有事物並非單單只有一個面向，而是立體——多面體的。正——呃……，一、二、三、四——四面體應該算是最起碼的吧。正多面體，意味有許多扇相同的窗，所看到的景色會因視點的不同而跟著不同。

在那則中國童話裡，如果大王嚴加追究，認爲是「性騷擾」的話——換句話說，大王若是和臣子形成敵對，那麼他在那一場戰爭裡就會一命嗚呼，從現實面來說，國家將會滅亡。

在那個時代，指控對方性騷擾應該是十分不智的。那名妃子將仗著大王的寵幸變成任性的女人，並且被大家所怨恨。

而大王將成爲一名公私分明的賢君。換言之，這個故事讓我們明白，男人和女人分別活在「公」與「私」的世界裡，藉由秩序維持平衡。一旦失去了平衡，女人就只有死路一條。

這麼說來，該如何看待這件事呢？若將公與私一起置於天秤上，「女人的感受」難道不重要嗎？

但是，總之，這個妃子看來就是個輕率又惹人厭的人。

嗯……。

能夠像這樣將心裡的感想說出來，是一件令人開心的事。畢竟，當我在報紙上看到性騷擾的報導時，也只認爲「那則故事不過就是這麼回事」，感覺有點奇怪罷了。

思考會在說話的過程中逐漸形成，使得原本模糊的事物逐漸清晰起來。

這麼說來，我這個人的存在——這麼說或許稍嫌誇張——總之，我這個人在這一、兩年裡感覺就像個不具形體、輪廓模糊不清的物體，令人分不清是否活著。

老實說，每當有人和我說話時，都會令我恐懼不已。

我討厭與人接觸。

嗄？

我沒說錯吧？雖說收銀員得常常與人接觸，對吧？但是，客人也只是從面前經過而已，不是嗎？雖然這麼說對客人過意不去，但是我並沒有把他們當人看。

那個時候的事？

我記得是在傍晚發生的，對吧？

你遞出書本，放下鈔票。

我把書包好放在櫃檯上。這時你稍稍轉向一旁，而我爲什麼會沒注意到呢？現在回想起來，覺得很納悶——但是，總之，我是抬頭挺胸將書本放在鈔票上，對吧？

後來，我們兩個一塊找起錢來。

我當時看起來很開朗嗎？這樣啊。噢……記得當我找到五千圓鈔票時，我一面道歉一面露出許久不曾有過的微笑。

——我這人做事眞是少根筋。造成客人的困擾，竟然還在客人面前笑了出來，眞是十分失禮，不過實在是太好笑了。

可是啊，我現在回想起來，我當時之所以笑是覺得自己很幸福。這個幸福若是換算成時間的話，也許只有三十秒左右。但是，我和你一起找錢，如果沒找到的話，我當然會很懊惱，但是當我拿起書本看到鈔票時，是你先露出毫不在意、自然如孩童般天眞無邪的笑容。

霎那間，我覺得我們是同一國的，那是一種與人擁有共同祕密的感覺。

當然，那是我的錯。但是，我們在那個短暫的時光裡，爲了找出鈔票這個共同的目標，而一起展開行動——一起做了一件芝麻小事。

……以前唸書時，這種事很平常，而且總是接連地發生。

是的，這就是生活。這麼說來，我根本沒有生活可言——長久以來，我連噗哧一笑都不曾有過。

但是，這種情形也不會一直持續下去，對吧？比如，人無法一直以相同的姿勢站立，這就像拔掉塞子讓瓶子倒立，瓶子裡的東西就一定會流出來，而這種感覺讓人相當暢快。

我這麼說很恬不知恥，但是我認爲我犯的是無心的錯。我們經常會因爲犯錯而氣憤不已，或認爲自己眞是個蠢蛋，對吧？但是，我覺得當時在我面前的你，並沒有這樣看待犯錯的我——爲什麼呢？

嗄？是的。

——抱歉，老實說，當時我心想「這下糟了」，但是靦腆微笑的自己應該很「可愛」。有這種想法反倒更厚顏無恥，不，是不正經吧。

但是我認爲，身爲女孩子會這麼意識或表現出「可愛的」自己，是再尋常不過的事。唉，不過應該不是以這種脫線的方式，而是更加端莊些才對。

但是，覺得犯錯的女人「可愛」，說來也是基於男人的角度。若是從女人的立場來看，無論是「不想被如此看待」還是「被如此看待感覺很好」，兩者都是女人的心聲。

那……內心應該是存在身體這個軀殼裡的吧；它不該拿出來表白，所以我的內心存在我的身上，你的內心存在你的身上。

老實說，我並不知道當時你是做何感想。但是，簡而言之，犯錯等於是曝露自己的弱處。關於這點，你當時是怎麼想的呢？

以我來說，我只能感受而已。如果把「可愛」當成是一種顏色，比如，「藍色」可以從一種近似人性污點的黑到相當相當淺的水藍。對我來說，你所謂的「可愛」，應該是以一種很好的形式來肯定我的弱處。

當然，這可以說是無聊的幻想，或者也可以說是錯覺，就像和電視螢幕中的某人視線對上了，便認爲「那個人在看自己」。

我當時並不覺得會再和你見面，只覺得自己有點心動，就像空氣瞬間晃動了一下。心中有這種「感覺」，對那一天的我而言，是件天大的事。

你的內心存在你的軀殼裡，這是事實，而且也是天經地義的事。沒有人能夠走進別人的內心世界。內心世界就像一本濕透了、每一頁都黏住的書；縱使書名是《我愛你》，內容是否如此也沒有人知道，若想勉強剝開書頁閱讀，只會毀了那本書。

——抱歉。

聽了這些話，心裡會不舒服吧。

總之，無論現實生活中的你怎麼想都無妨。即使那是錯覺也罷——就算是人工照明，而不是日光也無所謂。總之，我有預感——我的內心會因此獲得解放。

所以，當我意識到自己「會笑了」，便喜不自勝，於是再次微笑。

3

關於剛才的童話故事，那個女人討人厭的原因之一應該是她利用自己的優勢，也就是國王喜歡她。

反過來說，她如果不具有那種優勢，恐怕一輩子都沒機會說別人對她性騷擾。在那個時代，多得是處境比她更痛苦、更沒尊嚴卻束手無策的男男女女。

她當時的要求並非「理所當然」。一個有爲的男人，差點就被她毀了——就是這麼一回事。

反觀這件事在今日又會如何呢？他會是公司不可或缺的人才，若是沒有他，說不定公司會倒閉。但是，如果他對女人性騷擾，最後便會變成「沒用」的男人。至少原則上是如此。

在人類的歷史上，當今這種時代眞的十分罕見吧。

報紙上有一則報導，提到一名在二次大戰前離開日本，從此沒有回國的女子。據說她是「不願回國」。記者問及原因，她說：「因爲女人在日本不被當人對待。」這總讓人無法置信，但是，就在同一份報紙上刊登了太太被家暴的報導。看似不眞實，但是現實中就是有這種事。

不，我並不想對性騷擾發表高論，只是覺得這是一個簡單明瞭的例子。

當有一方得忍耐時，第一個倒楣的就是女人。這個世界因爲女人的犧牲才得以存在。但與其說是犧牲，倒不如說是地位的不同要來得恰當，就像投手與捕手之間的關係，女人被迫「扮演好自己的角色」。

我認爲「女人是弱者」是一種指責，但女人居於弱勢卻是不爭的事實。就算撇開女人這個立場或性別不談，人世間經常存在著不合理的階級。這麼一來，居於強勢地位的人，一定會變得任性妄爲。我認爲這是毋庸置疑的。

該怎麼說呢——常有人說：如果獅子吃飽了，就不會襲擊獵物。這非常合乎道理，這樣非但不會浪費體力，又可以保存糧食，留到眞正需要的時候派上用場。

但是上天賦予人類一顆心，人類有時卻會因當下的情緒傷害別人。

我成爲這個家的一份子後，有一次去一家賣場，看到一名年輕的男性員工對著一位看似年過半百的大叔口出穢言、破口大罵，這位大叔好像是因爲對工作不熟悉而犯了錯。那名年輕人應該是正式員工，而大叔是臨時雇員吧。我覺得大叔好可憐，不忍心看，於是趕緊去別家賣場。

我認爲既然人類有心，就不該只爲自己著想，也該體恤別人的感受。難道不是嗎？上天之所以賦予人類一顆心，是要讓人類將心比心。如果能夠明白對方的感受，就不會謾罵人了。

但是，那個年輕人的心卻不是如此。

他並不是不知道那樣做會讓對方心裡受傷。他是明知如此還故意厲聲斥罵。

如果是獅子的話，肚子空空也就是餓的時候了。

拿這個來比喻的話，我想那個年輕人也餓了。所以當他處於強勢的地位時，就會撲向別人，想將對方呑下肚子。但是他不是肚子餓了，而是內心無時不刻都是空空的吧。

這麼說來，性騷擾也是一樣的道理。人經常會想要塡補內心的空洞，如果對方同意也就算了，但是如果對方不同意的話那該怎麼辦呢？

這就和獅子撲向弱小的動物，將對方的肉扯下來吃一樣。被吃的一方會感到疼痛，然後死去。

但是，還是有人會因此讓空虛的內心得到滿足。對這種人而言，或許根本想不透對方爲什麼喊痛。

這種飢餓，總是令我不寒而慄。

# 第3章　白國王發言

1

我想任何一位導播都有「不做這個節目會後悔一輩子」的想法。如果這是「賺到」負責的節目，而電視機前的觀眾又樂於配合那就好了。這樣的話，應該什麼內容都無所謂——可以一邊舔著嘴唇一邊烹煮食物，然後將煮好的菜端到觀眾面前。

「賺到」是一位導播的綽號，他負責星期五的事件組。這位導播有個長下巴，臉上戴的是在年輕人身上鮮少見到的黑框眼鏡。他的本名既非島田，也不是標繩（譯註），而是八木。

八木之所以被取爲「賺到」，這是有原因的。有陣子，新聞少得可憐，猶如秋天的原野般蕭瑟時，發生了一起驚天動地的事件（這件事連說都會令人覺得不吉利）——當消息首度傳進公司時，八木拍著大腿脫口而出「賺到了」。那件事或許是謠傳，但眞實性很高，所以不能讓相關人士聽到。

從此，他在公司就有了「賺到」這個綽號。

這麼叫他，聽起來似乎有負面的意味，但是這在公司裡反倒是對他的一種稱讚。士兵在戰場上必須好戰，因爲，如果沒有這種幹勁，上司可就傷腦筋了。

我們公司是一家中堅的節目製作公司。說到電視節目，有人會以爲是電視台製作節目。然而，就像便利商店賣的飯團並非鎮上的便利商店做的一樣，節目的製作也是一樣的道理。

若以我目前手上負責的談話性節目來比喻的話，想做什麼樣的飯團是由電視台決定，而節目製作公司則是負責捏出一個個飯團來。由我們準備好鮭魚或乾鰹魚，將食材送進攝影棚，讓現場能夠馬上捏出飯團。即使節目製作公司和電視台雙方的製作人不滿意，節目還是得繼續下去。

附帶一提，我和「賺到」同期進公司，頭銜都是電視導播，但是這樣很容易搞混。於是，「賺到」在名片背後橫寫著部門與英文「Director」。上司看到他的名片，一臉不悅地說：「這下你豈不是成了部門主管。」

「部門的Director」在英語裡等於是該部門的「頭頭」。「賺到」的表現亮眼，但是他還年輕，並非英語中的「Director」。換句話說，日文的「電視導播」指的是思考、執導節目內容的人。

「賺到」隸屬於事件組，十分活躍，工作上如魚得水。據說當打對台的電視台廣告時，若是觀眾轉到我們的頻道，一定要抓住觀眾的心，讓他們不再轉台，否則就是導播的恥辱。確實，電視導播要巧妙地抓住觀眾「想看、想聽」的微妙心理來執導節目。就運用小聰明活

**譯註：**賺到（shimeta）日文發音與島田（shimata）、標繩（shimenawa）近似。

用素材讓觀眾不論在什麼時候打開電視都能吸引他們的目光而言，「賺到」確實是一流的人才，而且我認爲這是他的天分。

另一方面，我們一直以採訪「某天」的派對或取得公演之前的訊息爲主。別人應該會認爲我們沒有機動性，或欠缺臨時反應的能力，但我並不這麼認爲。唉，這都是命吧。就「執導」的意義而言，我去年春天首度完成了一份像樣的工作。電視台開了一個連續兩週每天十五分鐘左右的天窗，於是上司下令，提出塡補這個天窗的企劃。我們四、五個夥伴在中午受命，傍晚提出企劃案，結果獲得採用，眞是可喜可賀。

說到我們的企劃內容，因爲去年正好是閏年，二月有二十九天，而上司下令提出企劃正是在那一週之前。

驚奇攝影機是老掉牙的把戲，而瞞著壽星辦生日派對更是老掉牙。然而若是將這些元素全部結合在一起的話，又會產生什麼化學變化呢？

第一集的開頭，大夥兒跑去婦產科診所，節目就從這裡開始，看看全國有多少人在二月二十九日出生，然後採訪幾名二月二十九日出生的人，訪問他們都是怎麼過生日。接下來終於要切入主題，以針孔攝影機偷拍四年才能眞正過一次生日的妻子的舉動；丈夫當天則佯稱要出差。以上是第一集的內容，片尾則打上「妻子將面臨何種命運？」的字幕。

第二集，拍攝丈夫與五歲小孩偷偷準備派對的情形。他們包下車站前的法國餐廳作爲派對會場。當天傍晚，學生時代的朋友打電話來，告訴妻子剛好人在附近，於是在車站前的店家等她。妻子一到現場，發現住在熊本的父母、朋友，應該出差的丈夫齊聚一堂，眾人歡唱生日快樂歌迎接她，而孩子則將親手畫的畫獻給媽媽，媽媽喜極而泣。

節目的主題是：人生中的第七次二月二十九日，「媽媽七歲生日」。

由於當時發生一連串令人感到灰暗的新聞事件，於是上司認爲在「新聞之間穿插這種節目也不錯」，因而採用這個企劃案。

當然，這是因爲我認識符合這個條件的好脾氣太太，才能提出此一企劃案。對方是朋友的妻子，那位朋友是個愛起鬨的男人，重要的是，我告訴對方從派對的費用到岳父母的機票錢全由電視台買單，他才立刻欣然同意。

拍攝結果非常成功，包括父母和五歲小女孩都表現出絕佳的戲劇效果。他們帶給觀眾的趣味與淚水，是演員演不來的。

剪輯好的節目於三月的第一、二週播放。從電視螢幕準時收看這個節目，感覺又有所不同。我不知不覺手心冒汗，成了最認眞的觀眾。

在第一集的尾聲，媽媽進浴室洗澡。先從浴室出來的小女孩貼心地挨到父親身上，一臉嚴肅地告誡父親：「爸爸，我跟你說喲，媽媽生日的時候，你不可以跑掉喲——聽到了沒？不可以喲。」明明從劇情的發展就能猜知整個節目的走向，但還是令人不禁好奇劇情會如何演變。

演技再怎麼高超的演員都比不上孩子和動物。無論是第二集派對上的熱鬧氣氛，或是其他部分，都再度讓我感受到原來執導節目是這麼有趣。

基本上，看到別人高興的模樣，理當是令人心情愉悅的事。我很開心能夠用這雙手，描繪出一幅別人面露笑容的圖畫。

## 2

就一個單元而言，這麼熱烈的迴響算是十分罕見的。拜高收視率之賜，上司誇讚：「你這傢伙也能提出這麼有趣的點子嘛。」話雖如此，點子只佔了成功要素的十分之一左右，如何活用點子執導節目才是關鍵所在。而高收視率即代表節目內容獲得觀眾的肯定。

隔了一季，我從秋天開始負責改編自先前的點子，一個名叫「挑戰夢想」的無聊單元。每星期五播出十五分鐘，爲期一個月。如果觀眾反應不佳，可能會慘遭停播。

實現家庭主婦的夢想，這是誰都想得出來的點子。不過，我並不想做「喜從天降」這種東西。

我提醒自己，家庭主婦實現夢想之前，一定要讓她付出努力、遭遇挫折，否則就沒辦法變成有起承轉合的連續劇了。沒錯，撇開形式不說，這種節目也是戲劇的一種。

十月分開播的是「想一睹偶像明星的風采」。光是這個題目就十分符合企劃的內容，於是將劇情設定爲與偶像明星在舞台上一起演出。

那位明星的七月公演將在東京舉行，正式開唱前會上演一齣古裝劇。家庭主婦扮演的是一個在開幕的茶館場景中送茶然後退場的角色。

首先，介紹家庭主婦第一次與明星相遇、追星的過程，接著聽到能與明星站在同一個舞台上而歡欣不已。家庭主婦第一次站上舞台，初次見面的導播就給她下馬威：「這場公演不是爲妳舉辦的，我們不希望妳抱著玩票的心情演出。如果要演的話，就連續公演一個月，妳的待遇和其他演員一樣。不可以跟偶像明星攀談，當然，也不能跟他要簽名。」

家庭主婦被導播毫不客氣地訓了一頓。導播在節目中扮演一名「勉爲其難答應無理的要求，但心裡嫌麻煩的男人」，不過，實際上他輕易就首肯了。眼看家庭主婦的表情越來越僵硬。

接下來是特訓。其實，不過就是端茶上桌而已，但如果光是這樣，畫面就不有趣了，所以要從演技的基本訓練開始。當然，家庭主婦的動作笨手笨腳的，但是有家人在一旁支持她。好不容易挨到第一次上台，明星佯裝一無所知，但實際上是知情的。

其中一幕是和不能與其攀談的偶像在走廊擦身而過。好戲即將上場，究竟劇情會如何演變呢？第二集到此結束。

至於公演的情形則是：家庭主婦第一天上場緊張到拿托盤的手不停地顫抖。旅客說：「哎呀，妳是怎麼啦？」茶館老闆替她解圍地說：「客倌，她今天第一天上工。」結果家庭主婦躲在後台角落哭了出來。

最後一集是原本說無法出席的家人，跑來看最後一場公演。家庭主婦不知道這件事，落幕後，主持人走向虛脫的家庭主婦。

「演完了耶。」

「是啊。」

「妳和某某先生說到話了嗎？」

「沒有。」

家庭主婦仍舊是一身茶館女侍的打扮來到另一間房間舉行慶功宴。畫面中出現來到現場的家人，接著，明星理所當然地捧著一束花現身，家庭主婦驚訝得說不出話來。這時音樂響起，最後大家笑著拍照紀念。

節目大致如此。慶功宴雖然顯得刻意，但是就畫面而言趣味十足。總之，我極力避免那種影迷緊追著明星的形式。我想要拍的是追星族如痴如醉的目光變成完成某事的眼神。

關於劇情的設定，我拜託一名演員飾演壞心眼的老鳥店員。這個人下了舞台還得扮演另一個角色。這名演員說她最愛這種角色，二話不說便答應演出，並展現出精湛的演技。當然，最後也要讓這個愛刁難人的角色露出善良的一面，意在告訴觀眾「這人刀子嘴豆腐心」。

攝影棚內的主持人在節目中會吊足觀眾的胃口，拉高觀眾不安與期待的心情，炒熱氣氛。

製作人說節目廣受好評。「你這傢伙眞走運，第一個節目就成了經典。」

「什麼？」製作人這話會不會言之過早了？

「成爲經典是好事。一旦劇情的模式成形了，觀眾就會安心。這就好比水戶黃門（譯註一）的印盒（譯註二）。照這個作法，應該可以拍六個單元吧。」

我明白製作人的言下之意了。

因此，執導、播放節目就無須拘泥於形式了。我說：「我想在上野的展覽場展出畫作。」我手上還有一些得花時間才能實現的「夢想」，於是同時執導好幾個單元。

我不禁覺得自己在公司裡似乎有了立足之地。

3

如今回想起來，當時腦中立即浮現「家庭主婦生日派對」這個點子不是沒有原因的。因爲在那之前，我對友貴子說：「生日快樂！……對了，妳願意嫁給我嗎？」或許就是基於這種興奮的情緒，才能接連完成那些工作。

這麼說來，我必須感謝友貴子。

我第一次見到友貴子是在聖誕節期間，沒想到事情發展到最後演變成求婚。和這個女孩子在一起能夠獲得幸福——打從一開始我就有這種預感。

當時的感覺就像電視螢幕上灑滿了閃亮的星星般。我平常買書幾乎都去東京的書店，而

譯註一：日本家喻戶曉的歷史人物，水戶藩二代藩主德川光圀。後人創作出許多以他為主角的辦案故事，不僅有小說，還有舞台劇、電影與電視劇。

譯註二：一般為扁平的長方形容器，內有三至五層的夾層，細繩穿過左右兩端，再加上珮頭、墜子，然後夾在腰帶上，類似古代的「腰牌」，今日的「通行證」。曾有一位連續劇編劇宮川一郎提議，於每集的高潮處讓水戶黃門示出繪有三葉葵徽章（德川家康的家徽）的印盒，證明自己的身分，結果該劇創下收視佳績，在此引申為票房保證。

且回家途中的車站走道旁也有書店，我大多在這裡買書。

偶然在一個假日的傍晚，我去鎮上一家連鎖書店。我對自己居住的這個鎮出乎意料地陌生，不禁一面在心中驚嘆「哇！挺大的耶」一面走進店裡。

我心想既然來了，就順便買本書，於是挑了一本散文。到櫃檯結帳時，站在櫃檯裡的就是友貴子。

她頂著一頭過時的赫本頭，身穿店裡的水藍色制服。她低垂的視線讓人覺得陰沉，與這裡並不搭調。或許是衣服顏色的緣故，一閃而過的眼神讓她宛如從湖中被拋上來似的。她約莫二十多歲吧，但是從她的表情看來年紀更大一些——那是一張歷經人世滄桑的臉。

我感覺自己被她吸引。若是再這樣下去，我可能會一直盯著她，所以我將臉轉向一旁，活像是在買一本見不得人的書一樣。

店裡擺了一棵聖誕樹，樹上懸掛螢光的小球及各式各樣的飾品，諸如屋頂積雪的小屋、長筒靴、雪橇和聖誕老人等，制式的小模型如樂譜上的音符般，由上而下呈波浪狀排列。

這時，友貴子說：「一千兩百圓。」

我這才回過神來，將臉轉向櫃檯。她的口氣極爲自然，令我差點打開錢包掏錢，但是我停住了手。

「……呃，我剛才放了五千圓吧？」

這位湖中女子，看起來像是忽然悲從中來地皺起眉頭。

「什麼？」

「沒有嗎？」

她轉過臉去，看了手邊一眼，我也掃視櫃檯一圈，當時櫃檯正好只有我們兩個人。她看起來眞的很苦惱，讓我想要幫她。

就在我油然生出惻隱之心的當下，我心想我看起來該不會像是在裝傻吧？人難免遭人誤會，但是我現在可不想被她誤會。

若是算一算當時的時間，應該相當短暫。我想到錢有可能就在這裡。這個舉動看似愚蠢，但是錢就出現在眼前——我拿起書本，新渡戶稻造（譯註）就在櫃檯上竊笑。

當時，友貴子的表情爲之一變，就像從湖中走了出來一樣。她拿下看起來年逾三十的假面具，露出年輕女孩沐浴在日光下的笑靨。

那表情宛如一張開心地嬉鬧突然從小窗子探出頭來的小女孩的臉。

彷彿看見柔和美好事物的心情在我走出店門時仍持續了好長一段時間。

再次見到友貴子是在一個毫無氣氛可言的地方。

星期五播放組的休假自然是排在星期六。隔週的星期六，我睡到了中午。我重心不穩地下床，將濾紙裝進濾杯，等水煮開，打開罐子才發現沒有咖啡了，只有餘香撲鼻。

這時我才想起前天晚上打開咖啡罐時，罐裡的咖啡泡一次嫌太多，泡兩次又嫌少，於是

譯註：一九八四至二〇〇四年期間，日本五千圓紙鈔上的人頭肖像。新渡戶稻造為日本農學家、教育家，致力於日本與西方的文化交流，其名言為「願能成為太平洋的友誼橋梁」，可說是代表日本的第一位國際人士。

一股腦兒全泡了。

現在我後悔不已，如果當時留下一半就好了，而更糟的是聞到咖啡香之後就更想喝了。這就像吸毒的人毒癮發作一樣。

「咖啡、咖啡……」我如此喃喃自語，不知不覺地打開冰箱，冰箱裡有養樂多，但是這種玩意兒解不了咖啡癮。

看來咖啡癮一時是解不了了，於是我用紅茶配土司，解決早午餐，然後去伊藤洋貨堂超市購物。

我奢侈地挑了藍山咖啡豆，用店裡的磨豆機將咖啡豆磨成粉，一想到不免有些咖啡粉灑到地上就覺得可惜。雖然，每次要喝時再將咖啡豆磨成粉肯定比較美味，但是一個人住，這種小事就會讓人想偷懶。勤勞爲上——這種話到最後只會淪爲玩笑話。

接著我在超市裡漫步閒逛，將「只要將炒過的肉灑上攪拌，義大利菜就大功告成的調味粉」和「只需加熱即可食用的味噌青花魚」丟進購物籃。

「還得攝取綠色蔬菜」——我想到均衡的飲食，於是來到蔬菜區，竟然發現她——友貴子——正在挑選蘆筍。

一想到她就住在這個鎮上，我整個人頓時心花怒放，不禁想讚美這個鎮眞是太棒了。

儘管在這裡不適合和她說話，而且我提著購物籃很不搭調，卻不由自主地走近她，她以爲我要拿蘆筍才靠近冷藏櫃，於是讓開來，她似乎覺得不幫我拿蘆筍很不好意思，於是一邊拿了一把青綠色的蘆筍一邊說：「前幾天眞是不好意思……」

還一副有點吃驚的樣子，我則是抓著蘆筍放在腦袋瓜旁，盡量擠出親切無比的笑容打招呼說：「我是新渡戶稻造。」

4

我叫末永純一。

「如果方便的話，我可以再去店裡買書嗎？」

友貴子顯得有些困惑，但隨即牽動嘴角露出微笑，輕輕地點頭。

「如果去十次的話，可以約妳去喝東西嗎？」

這種事說穿了也沒什麼大不了的，不過就是第一印象罷了。友貴子對我的印象似乎不壞，那一天，我們提著白色購物袋，在攜家帶眷、氣氛熱鬧的甜甜圈店裡聊天。

這就是我們的第一次約會。

友貴子並非本地人，她是在東海一個看得到大海的小鎮長大。她之所以來到這裡，是因爲高中時候的級任導師的親戚的緣故。她好像是透過老師的那位親戚，找到目前的公寓和工作。

她說話的方式完全不同於時下的年輕女孩，給人一種不合乎她的年紀——該怎麼說呢，對了，老成的感覺。

友貴子眨著眼睛說：「我和這塊土地毫無關係。」

但是她卻因爲來到這塊「土地」而找到了結婚對象。

緣分這種東西眞是不可思議。

第二部

# 序盤戰

# 第1章　白國王得知開戰了

1

不論什麼事，我都不討厭思考、執行這些步驟。

我一面握著方向盤一面研擬計畫。有些節目只准成功，不許失敗。過程越是辛苦，付出就越有代價，這樣想比較好。

現在是下午兩點，但不是吃午餐的時候，而且我也不餓。

就像披上棉衣般，疲勞驀地襲來，這個時候最不適合開車。然而，因爲對路況瞭若指掌，所以完全不需要大腦，只憑反射動作就能往前開。開上國道於天橋處轉彎，經過小橋便立刻進入一條小路。

家就在不遠處。

老家在我讀國中時改建，以我當時的年紀尚無法對格局提出意見，於是完全按照父母的意思設計。如今我趁結婚時改建了一番。

父親是個勤奮的人，在方便到東京通勤上班的範圍裡，買了一間連屋帶地的房子。我們一家在我讀小學時搬來這間位於田中的透天厝。雖然不至於破爛到用茅草蓋屋頂，但是我當時幼小的心靈卻認爲「自己來到了窮鄉僻壤」。入夜後，每當我從走廊看著院子，總覺得籬笆下的一團漆黑煞是嚇人。

我家改建後與一般的房子沒兩樣。十五年後，田地對面出現了住宅區和大型店家，或許是因爲法律的因素，或是純因交通不便，這一帶幾乎沒有新增的屋舍。

也因此汽車是不可或缺的代步工具。

家裡蓋了停車庫，但是沒有門實在令人擔心。於是父親在幾年前的唯一一項奢侈開銷就是在停車庫安裝電動鐵捲門。當自己開車後，才發現這有多方便。

今天也是一樣，等一下車子就要開進車庫了。只要從車上按下按鈕，鐵捲門就會像「芝麻開門」般地打開迎接我。

但是，當我進入工廠後方一條視線不佳的小路時，心臟發出了悶響。

砰——砰——砰——

心臟發出緊張的訊號。那確實是警車的聲音，而且聽起來像是好幾部警車朝我家開去。會不會是過度疲勞所引起的幻聽呢？我不禁搖了搖頭，但是警笛聲並沒有消失。不但如此，一部警車還從後方逼近——黑白分明的汽車就映在後照鏡上。

車頂上閃爍的紅色燈光顯得小題大作。

呃……我沒有超速吧？

我看看速度表，爲了愼重起見，踩剎車減速。後方的警察透過喇叭說：「不好意思，請讓路。」

警察是這麼說的，但是這條路很窄，一時也無法讓他超車。我這會兒換踩油門，因爲一旁是田地，所以當我一靠路肩，警車便從旁揚長而去。

感覺警方殺氣騰騰的。

「……喂，你們要去哪兒啊？」接著我自言自語地說。「難道……不會吧？」

穿過工廠的灰色圍牆，視野豁然開朗，眼前是一望無際的田地。如果是秋天的話，金色稻穗會隨風起伏，但是現在卻不見綠意。

遠方左手邊是一間設立新學校風潮時所蓋的高中，右手邊是我家的小房子。

「……」

我就像胸口冷不防挨了一記似的，頓時說不出話來。原來面無血色就是這樣。

前頭的警車正朝我家開去，我看到已經有好幾部車身閃爍著紅燈的警車停在我家。這些警車簡直就像發現甜食的螞蟻般朝我家蜂擁而上。

我的思緒陷入停擺。

我繼續開車，但是腦袋昏昏沉沉的猶如在夢中，之後忽然回過神來。

左側是一條溝渠，修整完善，還加裝水泥溝蓋，所以車輪不會陷進去。依這個情況看來，後方可能還會有來車。我暫時靠左停車，自問：「……這到底是怎麼回事？」

2

我雙手離開方向盤。我並沒有特別想到什麼，但是手卻不由自主地伸向口袋。手機。

「……沒錯。」

在這種情況下或許先打手機弄清楚狀況才是明智之舉。

如果一群警察進到家裡來，應該可以問清楚事情的原委，而且這是最直截了當的方式。

耳邊似乎傳來了「撲通、撲通」的聲音，這應該是自己的心跳聲吧。

我按下家裡的電話號碼。若是平常的話，友貴子應該接起電話了。

撥通的鈴聲還響著。

仍舊無人接聽。

如果警察在家裡的話，應該會撲上前去早早接起電話了吧。

就在我想掛斷時，有人接起來了。

「找誰？」

是一個陌生男子的聲音，害我以爲打錯電話。

「這裡是末永家嗎？」

「我不知道。」

看來他應該不是警察。

「我是末永本人……」

「你說什麼？」

「呃，我就是末永。」

「你是在耍我嗎？」

「不，我是說眞的。……呃，你是不是在一棟透天厝裡，被警車包圍？」

男人的口氣變得更兇：「對啦！」

我大致明白發生什麼事了。

「我是房子的主人，剛才出去了一下。」

「那眞是抱歉啦！……你馬上過來，我可以放你進來。」

「這……我是想進去，但是好像沒那麼容易。」

「警察眞是難纏。」

心跳聲又響起。

「呃，你很難從那裡……脫身，是嗎？」

「怎麼可能輕易脫身？」

「……那個，你是做了什麼才要逃跑呢？」

「說起來，應該是搶劫失手吧。我搶劫被發現了，才會落得走投無路的下場。」

光是這樣，我還是搞不清楚狀況。

「呃，那些警察爲什麼不闖進去呢？」

「你白痴啊，這種事怎麼會問我？我又不是條子！」

我猜條子指的應該是警察。

「是。」

男人停了一會兒說：「你看得見這裡嗎？」

「對。」

「你等一下。」

不久，從我家面向冬日水田上空的方向傳來一聲刺耳的槍聲，我的耳膜就像被一隻尖嘴鳥啄了一下。

男人再度拿起話筒說：「聽到了嗎？」

我打了一個寒顫，他手裡有槍。

「聽到了。」

「因爲我手上有傢伙，所以他們進不來。」

「我明白了。」

「這可不是玩具槍喲！」

「是。」

男人說話的口氣就像貓在逗弄老鼠一樣。「你和夫人兩人住在這裡嗎？」

男人的聲音聽起來很年輕，但是「夫人」這個說法卻很老式，或許他曾與年長的人共事。

「我父母都過世了，去年才與內人兩人同住。」

「這樣啊……你幾歲？」

「三十。」

「夫人……看起來才二十歲左右吧？」

我說不出話來。

對方不改戲謔的口吻，甚至有些開心地說：「可惜她運氣不好，眞是可憐啊，我好同情她哟。」

「……」

「你現在最擔心的應該是夫人吧？」

「……是的。」

「既然這樣，就算沒辦法和條子談條件，說不定還能和你做個交易。」

「交易？」

眼前我能爲友貴子做什麼呢？

總之，當務之急是別讓這個男人自暴自棄。刺激窮途末路的人，與手持火焰槍衝進彈藥庫無異。

我半處於不知所云的狀態，但是我非得冷靜下來不可。即使看起來是紀錄片，一旦摻入人爲因素就變成了戲劇。而戲劇就得要有演員，我必須扮演那個冷靜的男人。

男人問：「能不能開車載我逃走？」就實際上來說，這難如登天。但是我最先思考的是——我可以和他做這個「交易」嗎？

他有多兇狠呢？

爲了救友貴子脫離險境，有些事無論如何絕對是於法不容的。

萬一因爲一己之私，讓男人逃出重圍，在別處危害他人的話那怎麼辦？這麼一來，我豈不成了幫凶？到時可就百口莫辯了。

我的心境宛如在陌生城市迷路的孩童，雖然姑且敷衍了他，但是一掛上電話，我的內心便一團亂。

「……怎麼辦？」

我靠在椅背上，不斷重複這句話。

有一部關掉警笛的警車從房子那邊開了過來。此刻我彷彿是在觀看電影中的一幕似的，所以當警車像貓用鼻子磨蹭般停在我的車子正前方時，我心頭一怔。穿著制服的警察開門下車。

警察輕輕敲了敲我駕駛座旁的窗玻璃。我趕緊打開車窗，警察瞧瞧車內，他說：「你在這裡做什麼？」

警察身上的襯衫領非常潔白，緊緊地繫著領帶。他身上的西裝看似黑色，實際上或許是深藍色吧，我忽然想到這種無關緊要的事。他是一名年輕警察。

「……嗄？」

「目前發生緊急狀況，前面很危險，請你繞道。」

「我，呃……我是那間房子的主人……」

警察突然嘴巴閉得緊緊的，就像他那領帶繫得緊緊的一樣，然後說：「請你等一下。」

他小跑步回警車，打開車門，膝蓋頂著座椅，不知和誰聯繫。不久，他跑回來說：「你家有什麼人在？」

「……內人。」

「你太太是吧，她有沒有可能出門去買東西呢？」

「不可能，我在電話裡……」

「你打了電話，是嗎？什麼時候？」

歹徒剛剛在電話裡要和我做個交易。我心想，總不能告訴警察吧。

「大約一個小時前吧。」

從歹徒說話的口氣聽來，他困在屋裡應該有一個小時了吧。

「嗯。」警察微微弓著身說：「不好意思，我們還有事情想請教你，能不能請你開著車跟我來呢？」

我也有事情想問，於是跟在警車後面。熟悉的景物變得宛如故事裡的場景似的。開了一小段路之後，便看到田裡有一部灰色的車，地點就在我家旁邊。
歹徒似乎是開著那部車逃到這裡，卻因車子失控，就近躲進前面的屋子。

4

警察帶我到一輛停在路邊的警車上，裡面坐著一名姓伊達、肩膀寬闊的男人。他身穿樸素的灰色西裝。
他那灰色的身影在狹窄的車內更顯龐大，宛如一頭坐鎮的大象。
「關於事情的經過，我沒有時間跟你詳細說明。目前闖進你家的是殺人逃逸的石割強治——石頭的石，切割的割。他在逃亡中劫持一部車子，上車時被人發現，在逃亡中又發生了眼前這個狀況。」
現在當然沒有時間問：你們追捕犯人的方法沒有問題嗎？
「他從二樓的窗戶，用槍抵著尊夫人向警方示威，牽制了我們的行動。」
伊達像在對小孩說明似地對我說：「……所以，我們無法採取強硬的手段，出其不意地攻堅。我們當然必須以人質的安全爲首要考量。」
「是。」
「我們有幾件事要拜託你……首先，爲了掌握歹徒的行動，希望你同意我們監聽電話。」
我心想原來還有這一招啊，我沒有理由拒絕。接著伊達遞給我一張紙，又從胸前的口袋拿出筆，他說：「還有，希望你畫下府上的格局。」

當我開始動手畫時，一部灰色的大型車從旁邊經過。從下往上看，那部車彷彿一座移動的小山。它的車窗很高，坐在警車裡根本看不到那部大型車的車內，大概是機動部隊吧。

手拿黃色細繩的警察跑了過去。與其說那是細繩，倒不如說是粗繩要來得恰當。我只瞥了一眼，不太清楚情況，大概是在拉封鎖線吧。

前後響起了硬底皮鞋發出的腳步聲，以及像是罵人的說話聲。

我畫完格局之後，告訴伊達我的手機號碼，並遵照他的指示，將車子開到數輛警車旁。

我自認完全了解眼前所發生的事，但是卻沒有眞實感，我甚至覺得自己突然像人偶一樣，這是我眞實的感受。我的膝蓋與手肘一帶虛弱無力，手、腳感覺像根棒子似的。

這不只是體力的問題。我一時也失去了思考能力，不知道該先採取什麼行動，該做什麼才好。就像被告知自己身處沙漠而目的地在另一頭一樣。我知道不能待在原地，因爲人在沙漠中繼續這樣下去會曬成人乾。但是，又該如何前進呢？

這時我想到了唯一一件能馬上著手進行的事。

我拿出手機，打電話到公司，請總機轉接上司。

「我是末永，抱歉這麼唐突，我明後兩天想請假。」

上司是製作人，姓飴宮，體格魁梧，成天將嘴緊抿成一條線。我們這一行的，休假會因人而異。不過，像飴宮這些主管級的人，幾乎每天都可以在公司或局裡看到他們，不曉得他們都在什麼時候休假。

「你說什麼……」

飴宮這個人可不好說話，我又重複說了一遍。

「我說你啊，別做白日夢了！」

「是。」

「就算是你父母出殯也沒用！因爲我知道他們已經不在了。」

這就是他的作風。想到電話那頭的人仍過著正常的生活，我覺得腦袋開始慢慢恢復運作了。

「不是我父母，而是內人……」

飴宮到底還是吃了一驚。「她過世了嗎？」

「不是，還沒。」

我聽見像是用手拍打桌面的「碰、碰」聲。

「到底怎麼了？眞是急死人了。」

「呃……是我家出事了，有個手持霰彈槍的歹徒闖進我家，挾持內人當人質……」

飴宮相當佩服地說：「……虧你想得出這麼複雜的藉口。」

或許他眞的是這麼想。

「我是說眞的！」

「混帳東西！」

「抱歉，事情就是這樣。我不知道接下來會變成怎樣，所以暫時得請假。」

「等一下。」飴宮認眞了起來。「你說的是……你說的是眞的吧?」

這樣姑且算是請了假。但是不到五分鐘，我的手機響了。

「末永!不好了!眞、眞是的，這、這該怎麼說才好!」

對方的聲音聽起來很激動——是「賺到」打來的。

# 第2章　白皇后的回憶

## 1

事情是在我開始在書店工作後不久發生的。

有一天，當我下班回到家，稍晚才吃晚飯。因爲沒有食欲，所以想吃點清淡的東西，於是去超市買了一瓶最小瓶的柴漬(譯註)。但是一個人吃不完，只好用保鮮膜包著放進冰箱。

你不覺得柴漬的顏色像蓮花嗎？印象中我小時候和母親一同看過一望無際的蓮花池。如果母親尚在人世，我就可以問她那片蓮花池在哪，但是母親已經過世了，所以無法確定那片蓮花池在哪。不過，我或許記錯了。

但是，我總記得當時是走在有小山和橋的公園裡。那天烏雲密佈，有些涼意。穿過那座公園，就看到了蓮花池。蓮花彷彿無邊無際直達天邊。我想這是因爲孩子個頭小，才會覺得

**譯註**：京都洛北大原的名產；一種醃漬品，將小黃瓜、加茂茄子等京都蔬菜切塊，加入蘘荷、辣椒等調味料的碎末與紫蘇葉，再以鹽醃漬而成。

蓮花池無限寬廣。

我一直盯著彷彿在大海般遼闊的池裡隨風搖曳的紫紅色蓮花。我沒有走進池裡，或許是母親不允許吧。

我腦子裡一邊想起這件事一邊將碗盤放進水槽，但是我無力清洗，於是回到剛剛的位置，坐在摺疊式的茶几前。這張藍色小茶几的大小剛好夠一個人用。

我將手肘靠在茶几上，十指交握置於額頭。

——明天又得去店裡，度過千篇一律的一天啊。想著想著，我進入了算不上是作夢的幻想裡。那種感覺像是……在半夢半醒之間，感覺像作夢一樣。

夢境中，我在店裡，但是店裡空無一人。當我心想：「發生什麼事了？怎麼一個客人都沒有。」不知不覺間，我人已在書櫃前而不是在收銀台前。

猛一回神，書店變成了學校的圖書室，好像是國中或高中的圖書室，我自己也搞不清楚。不過，不知爲什麼我知道那裡是母校的圖書室。

我從書櫃抽出一本書，感覺就像從粉彩筆盒裡拿出一枝粉彩筆一樣。一整排書背的顏色看起來就是那種感覺。

啊，書上是空白的。

我將書放回原位，在書櫃間走了一會兒。書櫃綿延沒有盡頭。

我拿起第二本書，裡頭也是空白的。但是，我並不驚訝。

「咻」地吹來一陣風，拂動窗邊的白色窗簾。我分不出風是冷還是熱，夢中應該沒有溫度。而且，我也分不清窗簾搖晃的那一扇窗是在眼前還是地平線的那一頭。

這是怎麼回事？

我又抽出一本書，靜靜翻動空白的書頁。

當我慢慢地移動手指時，我漸漸明白了爲什麼會這樣。

……原來，我死了。

我了解了，這一切都是極其自然的事。

即使當我從茶几抬起頭來，那種感覺依舊在。

## 2

我非常討厭「娘娘腔」這個字眼。

因爲這是個徹底負面的詞彙，沒有任何正面的意思。這種批評人的詞彙，爲什麼要用「女」（譯註一）這個漢字呢？這樣未免太不公平了吧。而被批評的一方，心裡絕對不好受。

用「有女人味」形容女人，應該是誇獎吧。

用「有男人味」形容男人，也是一種誇獎。

而「勇敢」（譯註二）應該也是用來誇獎的，對吧？

譯註一：日文的「娘娘腔」寫作「女々しい」。

譯註二：日文的「有女人味」、「有男人味」和「勇敢」分別寫作「女らしい」、「男らしい」和「雄々しい」。

但是「娘娘腔」則是在貶人。

報紙上刊載了五花八門的男女問題。像是前陣子議論紛紛的性騷擾，或是最近經常上報的老人看護問題，而家庭失和也曾喧騰一時。

先生凡事往太太身上推，導致太太精神崩潰的例子屢見不鮮。據說在男人以工作爲藉口對家事不聞不問之前，早就有先生比現在的男人更投入工作。說穿了，男人就是在逃避——難道「勇敢」指的就是用這種方法逃避責任的男人嗎？

我對此不以爲然。

畢竟，若是男女不分工，「工作」就沒辦法做好。其實我認爲這樣的社會的產值較高。

但是我認爲這樣並不公平，於是我接著思考何謂公平。

不過，我不認爲不公平有錯。讀國中時，理科老師說：某位諾貝爾獎得主的太太，因爲先生晚上躺在被窩裡也要思考，爲了避免打擾他，而睡在先生腳邊。

於是乎這位太太成了賢內助。其實我也認爲她很了不起。如果學者的背後沒有這位太太，或許就無法功成名就。是太太替他營造出一個無後顧之憂的舒適環境。

我認爲以這種方式支持有才華的人，是一件令人高興，而且值得的事。

如果是這種夫妻，像同床共枕這種「公平」，根本是枝微末節的小事。

那麼是否必須徹底符合別人眼中的標準，才堪稱爲前述的「這種夫妻」呢？

呃……我想說什麼呢？啊，對了。即使太太不介意「公平」的問題，先生也不用非得拿到諾貝爾獎不可。

換句話說，只要女方心甘情願就好，若是甘之如飴當然更好。

幸與不幸，是各人內心的感受，偏離內心感受的客觀標準不具任何意義。

但是現實情況未必都是如此。「有男人味」也可能只是一種自私的逞強，不是嗎？

我認爲規定女人扮演「有女人味」的角色，是一種促使世界順利運作的智慧，這是爲了所有人好的智慧。就這一點而言，一開始就決定男女的角色是完全「正確的」。

比賽開始了才討論誰當投手、誰當捕手，準會輸掉比賽。如果彼此的意見難以妥協，那就從一開始就做出結論，決定遊戲規則。這麼一來，系統才能順暢地運作。

但是，老實說這種架構並非爲了個人好——因爲它是系統。

整體比個人強。強者之所以爲強者，是因爲打敗了弱者。

我認爲的「勇敢」，若是拿剛才的老人看護問題來說——

抱歉，這不是一個喝茶閒聊的輕鬆話題，而是一個嚴肅的問題。看護要替老人清理穢物，應該沒有人對這種苦差事能甘之如飴吧？我認爲嬰兒的糞便並不會令人心生反感。但是，坦白說，我認爲替大人清理糞便苦不堪言……而被清理的人大概也不好受。

這麼一想，清理的一方也很苦。只因爲不願面對，就將事情一味地推給對方並不公平。既然是夫妻，各自分擔一半的責任應該是「理所當然」的吧。報紙上就報導過一起分擔的男人，只是會上報一定是因爲稀奇的緣故吧？但是我卻認爲那是「理所當然」的。

我心目中「勇敢」的人，是能夠做到這一點的男人。但是，看在世人眼中，這種男人「娘娘腔」，對吧？

我說啊，假設太太投注所有心力工作，又將家事做得無可挑剔，但是不化妝打扮。假設她是無暇裝扮自己，這時先生可能感受不到太太的魅力，對吧？

這種情形非常非常悲哀吧，這在內心深處是於理不合的。不，若從人的內心演變來看，或許這樣反倒合情合理。不公平的事反而合情合理，簡直是天理何在啊？

太太看到先生替臥病在床的父母清理排泄物，可能會覺得先生失去了魅力，對吧？

這是多麼多麼地悲哀呀？

所以，假設女方覺得，說什麼也不能讓丈夫做出那種「娘娘腔」的舉動。假設女方是打從心裡這麼想而接下這份苦差事那也就罷了。我想這是照料老人的單方的意見。但是，大多數情形卻不是如此。

凡事都能討論決定，不是嗎？能不能做到端看彼此是否有這種解決問題的態度，或彼此是否心靈相通。

「有男人味」有時只是一種自私的逞強。

若是強勢的人，就算經常面臨不公平的事，也會一意孤行，不是嗎？

是的，強者可以無視不利於自己的規則，國與國之間也是如此。所以兼具力與美是一件極爲困難的事。

## 3

我是個懦弱的人。

總是因一點芝麻小事而悶悶不樂。我覺得這樣的自己眞沒用。

我曾被人恨之入骨。那種憎恨的能量，各位應該都親身體驗過吧？

感覺像是被一大塊黑布罩住，令人痛苦得難以忍受。這種時候的心靈支柱，唯有深信自己是公正的，不是嗎？

感情啊——當心快要輸掉時，只能找各種理由來合理化，對吧？

至於事情是怎麼發生的——你知道鉛筆盒嗎？就是放鉛筆的容器。

噢……不好意思，關於這件事……。

抱歉，話說到一半，如果下次能再見面，而且你肯聽我說的話，改天再告訴你。

……嚇了你一跳，對吧？抱歉。我心裡很難受，請你先回去吧。不好意思，我老是說個不停。

但是……餅乾會被勒住脖子，也是我害的。

# 第3章　白國王洞悉敵營動靜

1

「在錄了嗎？」

「嗄？」賺到發出奇怪的聲音。

「這支電話在錄音嗎？」

賺到出乎意料地說：「我說你啊……」

「沒有錄嗎？」

「不……在錄了。」

我不禁想說早點說嘛。我的口氣很自然地變得嚴肅起來：「我的腦袋一片混亂，沒辦法思考。我實在無法相信，居然會發生這種事，我一心只祈求內人可以毫髮無傷地獲得釋放。」

賺到接著說：「是啊，你太太幾歲……」

「她叫友貴子，二十歲。她年紀雖輕，但是個性沉穩，我想她會冷靜面對的。」

「歹徒沒有投降的跡象嗎？」

「是啊。」我從車窗環顧四周。在這短短的時間裡，情況有了變化。「身上穿的不知道是藏青色還是青色制服的機動部隊進入田裡，採取包圍房子的攻勢。他們手持盾牌，一字排開，好像一面銅牆鐵壁……」

「呼哧呼哧。」

停了一會兒，賺到說：「時間到。」

「什麼？」

「喂，賺到！」

「聽你這麼說，我覺得心裡過意不去。」

我沒把他的話聽進去，我說：「這應該不是現場直播吧？」

「你覺得我是那種人嗎？」

沒錯。

「只是錄音罷了。」

「你聽好了，如果太太被當作人質，先生還在做現場轉播的話，未免太不自然了吧？」

「我們會剪輯得很自然。」

這對賺到而言簡直是小事一椿。

「如果攝影機過來的話，一看就會知道我們的狀況吧？」

「話是沒錯。……嗯，該怎麼說呢，我確認過我們的手機在現場了。」賺到清了清喉嚨。

「是我的手機。」

「也可以這麼說。」

「喂！」

「你聽我說！你應該也覺得有人在節目裡露臉比較好吧？」

「混帳東西！」

「不是啦，我並不是隨便說說的。你不是說你無法思考嗎？這也沒關係，畢竟你是當事人。目前，我們只能看著警方行動，對吧？應該是這樣沒錯。……可是啊，或許也需要冷靜的判斷。這個時候，退一步看事情也很重要吧？你說對不對？」

「嗯……」

「你了解了吧？」

有一種東西叫職業意識，這會令人精神一振。這種時候，站在賺到所說的觀點來看事情的確有用。

「沒想到你會說出這麼棒的話。」

賺到開心地說：「是嗎？」

若認爲自己掉入了蟻獅的陷阱，那就只有死路一條了——只能在無法逃脫的洞底一味地掙扎。但所有掙扎都是白費力氣，因爲那樣只會搗毀沙壁，根本無濟於事。

然而，如果將這看成是自己導的節目又會變成怎樣呢？

演員都未必會乖乖按照劇本演出，挾持人質的歹徒就更不用說了，而警察也是如此。最重要的是妻子的安危，但是從一開始就沒有人能夠保證她將毫髮無傷地獲救這種完美的結局。

但是我想做這種節目。不，我是試著抱持非做不可的想法。我打算用這種心情關注這起事件。

我感覺一股力量自心底湧現。

說起來，眼前的情勢就像在下西洋棋，必須設法圍堵敵方試圖進城的國王。

「由你負責嗎？」

「嗯，誰叫我們同期。我碰巧又在公司也算是有緣。」

原則上，公司會大致排定每天的負責人，然而事件組卻沒有辦法完全按照排班表輪休，因爲「事件」是活的；如果今天發生的事延續到明天，那麼負責處理的那名導播就只能隨時調整休假了。

「歹徒是做哪一行的？」

「他啊，從事製造業，在鎭上一家小工廠上班，因爲進貨的關係，得知有一筆款項會放在工廠裡一天，於是跑去偷竊，結果事跡敗露，成了強盜。」

他似乎是因爲被瞧見臉了，而犯下令人不敢相信的罪行。

「一名高中生從工廠二樓的窗戶逃到外面。那孩子聽到樓下的對話，說是有人指名道姓地告誡犯人石割。」

我聽過歹徒的聲音，感覺很年輕。

「幾歲？」

「二十一吧。」

賺到說出一間所謂一流大學的校名，石割似乎是那所學校的學生。不知是退學還是中途輟學打工，總之他現在並非學生，而是在那家工廠上班。石割在電話裡說起話來流裡流氣的，不知他是有意如此還是無意，聽起來像個壞人。

「他持霰彈槍闖進去的嗎？」

「那傢伙在逃亡途中搶來的。」

「路上？」

霰彈槍又不是手提包，應該不是隨隨便便就能搶到吧。

「應該算是瞎貓碰到死耗子，他好像撞上了一個大叔開的車，對方正要去獵鴨。」

早報應該來不及登，但是現在這個時候晚報應該送到了，最新消息應該也會陸續進來。有賺到這個窗口，對我也有利。

「對那個人來說，眞是無妄之災啊。」

「才不是無妄之災呢。早上有人報警，說是從河川的方向傳來好幾聲槍響。清晨是一天之中最寧靜的時刻，聲音傳得相當遠。」

「那個人該不會也……」

賺到大吼地說：「簡直是慘絕人寰。警方搜索傳出槍響那一帶的河岸，結果發現他倒在那裡。他……」賺到說到一半，突然含糊其詞。大概是因爲歹徒現在就在我家，而被害人身上的傷大概慘不忍睹，所以賺到才會對我這個當事人難以啓齒。既然凶器是霰彈槍，我對它所造成的殺傷力心裡也就有數了。

「被害人在蘆葦叢間逃竄，歹徒瞄準他射擊，而且開了好幾槍。」

「這……」

我一時語塞。聽到這件事之前，我不曉得石割是個怎樣的人，然而我現在確實感受到像是一腳踩進了地獄。

## 2

「另一方面，獨自從工廠逃出來的高中生跑到朋友家。朋友一家三更半夜被吵醒，得知事情原委也緊張萬分，隨即打電話報警，警車趕往朋友家，看來事情是越演越烈了……就在警方拉起封鎖線時，傳出了槍響。警方前往河濱道路，發現歹徒用來逃逸的腳踏車就倒在命案現場的河岸下遊兩公里處的路肩。」

「於是將兩起案子連想在一起。」

「因爲這兩起案子都是滔天大罪，警方自然會認爲是同一名歹徒在逃亡時所犯下的。依照辦案步驟，首先要查出被害人。」

「於是從槍械登記找到了被害人。」

「嗯，警方查到鄰近城鎮有一個人持霰彈槍外出。呃……他是水岡町一家花店的老闆，叫瀨川章一郎。這個人一早帶著槍出門獵鴨，據說是與他約好打獵的朋友打電話到他家說他還沒到。」

「應該不會弄錯人吧？」

「之後警方遍尋不著這位瀨川先生的車。警方認爲歹徒應該早就經由東北道或常磐道逃走了，於是採取緊急警戒措施。」

「嗯。」

「這些在上午的新聞就已經報導了。……接近中午時，歹徒居然開著搶來的車到國道沿線的美式餐廳，這種行徑簡直是不知羞恥到了極點。警方爲了愼重起見，調查停車場，結果和歹徒碰個正著。似乎連巡邏警察也大驚失色，石割趁隙逃走。接著警方便展開緝捕……」

「於是來到了我家。」

「好像是這麼回事。」

「……」

「你怎麼了？」

「來了。」

「什麼來了？」

通往我這裡的車道遠方出現了幾部車。

「是看熱鬧的人，你聽到吵嘈聲了吧？」

賺到嘆了一口氣：「眞是傷腦筋啊。」

「沒錯。」

「看來採訪車會難以通行。」

我們說到這裡暫時掛斷電話。

有賺到這個消息來源，是獲勝的關鍵之一。若是用下西洋棋來比喻的話，就是我總算看到敵人的國王是怎樣的一顆棋了。

我又看了蕭索的田埂一眼，田埂的寬度勉強能夠會車。

一名穿著制服的警察下了警車，試圖驅趕看熱鬧的群眾。宛如獨角仙聚集的一排警車旁，也開始聚集了一群像水黽的腳踏車，再過不久，或許還會出現攤販。

曾幾何時，新聞報導看熱鬧群眾的車聚集在失火的住宅區造成塞車，使得前來救火的消防車無法通過，導致房子付之一炬。房子慘遭祝融肆虐的住戶對此想必憤恨難消吧。

友貴子提及強者的暴力時，舉出撥打無聲的惡作劇電話，或威脅選手在奧運中落敗，以及和自己立場不同的人。

「在這種情況下，匿名具有一種強大的力量，對吧？有了這種強大的力量，往往就會做出令人難以置信的缺德事。」

石割固然很可怕，而能夠面帶笑容對他人遭大火吞噬的房子指指點點當成一時娛樂的人也很恐怖。

眼看著目前的情勢出現了奇怪的變化——一輛車在警車的引導下來到這裡。一名女子從那輛車下來，然後坐上警車。

她似乎是朝我這裡來。

遭警方制止不肯散去的群眾似乎對警方唯獨放她通行感到不滿。這種氛圍彷彿形成了一股看得見的怨氣直沖天際。

警車就停在前方不遠處。剛才那名姓伊達、體格魁梧的便衣警官迎上前去。

他一湊近，警車的窗戶迅即打開。他把頭探進車內，與車上的警察說話。

伊達的肩膀動了一下，大概是在點頭吧。接著，他一個轉身將臉轉向我這邊，眼神一與我對上，馬上輕輕點頭致意，朝我走來。

我也放下身旁的車窗，伊達以冷靜而低沉的聲音說：「有人想見你……」

# 第4章　白皇后娓娓道出童年往事

1

我從前住的房子是租來的，六戶人家就像箱子排成一列似的。

父親在我出生後不久就因車禍去世，始終沒有找出肇事者。在這之前，聽說從我們住的那間公寓可以看到海。

當然，我是不記得了，不過根據媽媽的說法，事實就是這樣。我總覺得自己嬰兒時期對於海浪聲或水平線已不復記憶。

沒錯，我是住過沿海的城鎮，所以走幾步路就能看到太平洋。不過，不同的是，這是從高處往下看的海。

我之所以這樣說，那是因爲我是位在公寓五樓的緣故。

海岸不是有沙灘嗎，從沙灘爬上水泥階梯之後是國道，公寓就位在馬路對面的高崗上。

那個城市不大，我曾去過，更正確地說，我讀小學時常去。不過，我是瞞著母親去的，因爲總覺得告訴她不太好。所以，我不清楚那是在五樓的哪一邊。

汽車一部接一部在國道上疾駛，國道兩側是人行道。靠海的那一邊，國道與沙灘之間有段落差，所以有一道高及孩童胸部的水泥堤防綿延不絕，以防有人失足摔落。這道堤防同時也是防波堤，能夠阻擋海嘯。堤防頂端寬約一公尺，砂粒隨著來自海岸與國道兩邊的風吹落，上面總是佈滿砂粒。

堤頂上因爲日曬溫度升高，夏天燙得幾乎無法觸碰，但是到了冬天和初春卻有一種像是從內部透出令人懷念的溫暖。

此時我常常像拉單槓一般，將手壓在河堤上用力撐起身體，然後轉個方向坐下，一股暖意漸漸從裙子底下傳上來。

坐在河堤上絕不稀奇，但是大家大多面海而坐。這也很自然吧。偶爾也會有人在那裡作畫。

但是我總是背對著大海與太陽而坐，所以很奇怪吧。或許我看起來像是在等人。因爲每次坐的位置不同，有時會看到一旁的水泥牆突出像粗蘆筍般的鋼筋。

鋼筋經過海風無數次的吹拂，變成了紅褐色，有人將鋼筋往下彎摺，以免造成危險。鋼筋宛如一條沮喪的蛇，一從地底鑽出地面，便筋疲力盡地垂下頭。鋼筋的表面並不光滑，有好幾個凸出的節，伸手一摸，指尖便會有鐵鏽味。

那股像血的味道、海水的氣味、從背後傳來的海浪聲，這些都一起在我的腦海中甦醒了。

啊……但是我卻忘了自眼前呼嘯而過的轎車與卡車聲。

記憶眞是有趣。

我將纖細的手指放開鋼筋，趴在水泥上，發現像蠶豆般大小、形狀扁平中空的小洞。小洞的形狀也像蠶豆。我從大拇指依序動了動手指，嘴裡唱著「Do、Re、Mi、Fa」，然後一面在心裡默唸「蠶豆」，一面將手指伸進洞裡。這件事我記得十分清楚。

攪拌水泥時會混入小石子。而那些小石子有些浮在表面上，大概是有人將小石子挖掉吧。

小石子若探出頭來，就會令人想摳它，如果有些鬆動，感覺可以拿下來時，就會忍不住將它挖出來。我十分了解這種心情。

於是水泥上留下了小石子形狀的凹洞。我將食指伸進凹洞，掏出裡頭堆積的砂，簡直就像在打掃一間小房間一樣。

我不厭其煩地一直掏，指腹意外地碰到了光滑的壁面，那觸感就像是爲我的手指量身訂作般。我感覺自己像是縮成指頭大小，睡在完全合身的洞穴中，彷彿變成了蠶豆，待在豆莢中。

我的意識開始變得模糊，猛一回神，我坐在堤防上，抬頭看著白公寓的五樓。剎那間，我感覺自己的視線像是飛到了那裡的陽台上。

此刻的心情宛如坐在大鞦韆上搖盪。

我感覺自己的視線脫離身體，在空中飄飛，從對面看著這裡。這種情形在夢裡常會出現，對吧？

而此刻的我回到了小時候的眼神——一種懵懂無知的眼神。

那眼神看著的是，猶如坐在遙遠的谷底那個渺小的我——未來的我。

漸漸地，我的視野變得濕潤，目光忽地對著大海。海浪從海上一波波而來，一波推著一波。

隨著視線的移動，海浪沒入大海，化爲沉重濃烈的深藍。

遠處是大海與天幕相連。

## 2

但請不要誤會，我並不想住在那棟公寓裡。

母親對家計頭痛不已。但是我卻沒有切身感受到家裡經濟的困窘。我對金錢沒有概念，看到別的小朋友有什麼也不會吵著要。我並非在壓抑，而是沒有那種物質欲望。

不過，有時候即使我沒有主動要求，也會拿到意想不到的禮物。

那六間小房子一天到晚換房客。自我懂事以來，就一直住在同一個地方，但是鄰居卻換了又換。一對大嗓門的夫妻搬走後，接著搬進來的是一名年輕男子。年輕——這是我現在的想法，對當時是小學生的我而言，大家看起來都是叔叔、阿姨。

那個人不知從哪裡撿回一條狗。一開始只看得到玄關霧面玻璃裡頭有一個黑影在移動。過了一陣子，那個人放了一個二手狗屋，屋頂的紅色油漆十分斑駁，我因而得以看見「影子」

的廬山眞面目，牠是一隻雜種幼犬。明明個頭很小，卻一副像誰得罪牠了，常常聲嘶力竭地吠叫。好像吠叫是牠的工作似的，不停地汪汪叫。

我家正好和那名年輕男子緊鄰，狗屋就在眼前，這麼一來就會想餵牠吃點什麼。母親看透我的心思，早早叮嚀我：「那是人家養的狗，妳不可以隨便餵牠東西喲。」這話說得沒錯，我明白這一點，卻無法遵守世俗的規範。

當我唸小學放學回到家，小狗原本背對著我，但遠遠的一聽到我的腳步聲，便突然回頭對我吠叫。牠的表情十分嚇人——齜牙咧嘴、雙眼怒張地狂吠。

「汪汪」的叫聲中還夾雜了如遠方雷鳴般的「吼」聲。牠是在用喉頭發出的聲音嚇唬我吧。眞正兇猛的狗光是用那種低沉的吼聲，就足以把人嚇著。但是牠的體型還小，做出那種討人厭的舉止，反而顯得可愛。

總之，牠是卯足全力狂吠，使出渾身解數拼命叫，彷彿我是惡魔的化身。

我還記得自己做了什麼。

我觀察牠的表情，確定四周沒人之後，悄悄拿出麵包屑，這就是我第一次餵牠的食物。我連狗吃什麼都搞不清楚，只是吃營養午餐時想起牠，心想不知牠吃不吃麵包便留了下來。

我拿麵包餵牠，牠「嗚」地低吼，聞了聞味道，然後吃了起來。我心想：「啊，原來狗也吃麵包。」

牠只有吃東西時才安靜下來。「這下子牠應該稍稍接納我了吧。」當我這麼想時，牠「咕嘟」嚥下一口唾液，又開始吠叫不休。

牠桀驁不馴的程度，簡直令人咋舌。只要我家大門從裡頭發出「喀嚓」一聲，牠就開始吠叫。

如果接著一腳踏出門外，牠就會像球般彈跳，發起脾氣地在原地跳個不停。

我馬上替牠取了名字，是的，我才不管牠的主人怎麼叫牠——因爲我從沒聽過。他相當沉默寡言，我想他應該沒有叫過牠的名字和牠一起玩吧。

你問我替狗取了什麼名字嗎？我替牠取名爲「犬山吠造」。

3

我想，吠造對郵差和查水錶的人應該也吠得很兇。就這一點而言，家中只有母女倆的我們有一次還聊到：「有吠造在，應該能夠嚇跑小偷。」

母親並不討厭吠造，我對此感到開心。雖然我和母親都怕吵。

但是，牠是隻活生生的動物，其實一看到牠的臉，該怎麼說呢，就算牠叫得再兇，都很難叫人討厭。

有天吃晚餐時，屋外又傳來我們習已爲常的狗吠聲，一定是住在後面的鄰居回來了。我一顆心懸在半空中，擔心吠造會不會挨罵。

我試著問母親：「牠爲什麼會叫成那樣呢？」

母親回了我一個誰都想得到的答案：「應該是運動不夠吧。」

我也擔心這一點，吠造的主人好像每天一大早就出門工作，吠造總是拴著狗鏈——牠的主人究竟有沒有帶牠去散步呢？

隔天早上，我一醒來就因爲預感還是心電感應，穿著睡衣從綠色窗簾的縫隙往外看。吠造以輕快的步伐在清晨的空氣中漫步，看起來心情非常愉悅。吠造一從我面前經過，便獨自坐在狗屋前。牠在那邊，我就看不到了。即使主人要幫牠套上狗鏈，牠也乖乖不動。接著，主人餵牠吃飯。

我也準備要吃早餐了。

我趕緊將棉被收進壁櫥，開心得不得了。

「媽媽、媽媽，吠造去散步嘍！」

我話一說完，在廚房煎荷包蛋的母親也說：「哎呀，那眞是太好了。」

「犬山先生剛遛完狗回來。」

當然，牠的主人不姓「犬山」。但是不知從什麼時候開始，隔壁在我們口中便成了「犬山家」。

有一天，我放學回到家，站在吠造面前問牠：「你每天早上都去散步喔，對不對？」吠造大概是對我的親暱感到不高興，又發飆了。牠不斷地原地亂跳，最後跳到狗屋上，像風向雞般站在屋頂邊緣，身體前挺，高聲吠叫，表情像是鬼頭瓦上的鬼臉。牠一邊叫一邊焦躁地不停用前腳搔抓，弄得木板屋頂咯吱作響。我看到了像是塑膠製的堅硬爪子。

狗有爪子是理所當然的事，但是我心想：「噢，原來狗也有爪子啊。」說到爪子，我總覺得那是貓才有的。

「好啦好啦，別生氣了。」

不久，夏天來了，學校也開始放暑假。

吠造的狗屋放在兩戶人家中間，但是陽光故意整牠，從隙縫穿射進來。如果這是在冬天的話，就會恨溫暖，但很遺憾的偏偏夏天日照角度較低，所以那一帶始終不見天日。天底下總是事事不盡如人意。

或許是風吹不進狗屋，所以吠造鑽進隔壁房子銳角狀的陰影裡，將身體貼在牆邊波浪狀的鐵皮上。鐵皮經過太陽直射，應該會像熱鍋一樣，但是那裡從早就曬不到太陽，所以待在那裡應該不會有事。吠造就像用黏著劑黏在地面上似的，整個身體趴在地上，連下巴也貼在地面上，牠伸出舌頭，閉著眼睛。

「吠造最近很沒精神耶。」

母親一回到家便這麼說道。

那一陣子酷暑難耐，有一天我看見吠造的主人用水替牠沖涼。犬山先生用水管將水澆在牠身上。我總覺得屋外吵吵鬧鬧的，從窗簾縫隙一看，便看到了吠造的側臉。

牠瞇起眼睛蹦蹦跳跳地，像是心靈獲得洗滌般開心。水光閃閃，連我都看得興奮萬分。

我等不及母親走過來，便像狗一般撲上去告訴她。母女倆異口同聲地說：「真是太好了。」

入秋後，蜻蜓經常停在狗屋上。吠造在不知不覺間長大了，簡直像變魔術一樣。

秋天的一個星期日，犬山先生出乎意料地來到我家。說是「來」，其實是鄰居，不過是幾步路而已。但是在那之前，我們兩家完全沒有來往，著實令人略感驚訝。

我們家很小，說是玄關，其實他就站在我旁邊。他和母親兩人的對話我一字不漏全聽到了。

犬山先生似乎要搬家了。問題是新家不能養狗，吠造該怎麼辦呢？讓牠變成流浪狗未免太可憐了，所以他問母親願不願意收留。簡單來說，就是將放在我們兩戶之間的狗屋送給我們，然後我們只要餵牠吃飯就行了。

母親好像面有難色，畢竟，說的是吠造。犬山先生搬走後，不知道搬進來的會是什麼人。在這之前，我們是忍受的一方，所以心理上沒有負擔，但是「我們家的狗」給別人添麻煩可就傷腦筋了。會被人家怎麼說，就端視對方的性情了。

但是，這半年來我們天天看到吠造，牠在那裡已經變成了理所當然的事。吠造儼然成了我們生活中的一部分。

最後母親答應收留吠造，令我開心得高聲歡呼。犬山先生邀我至屋外，讓我和吠造正式見面。

然後，犬山先生、我和吠造一起走他們每天早上散步的路線。犬山先生話不多。半路上，他讓我牽著狗鏈。吠造好像馬上就知道牽狗鏈的人不同了，牠雖然不高興，但是犬山先生在旁邊，所以勉強忍耐。另外，牠看起來一副「比起牽狗鏈的人是誰，能在外面散步比較重要」的樣子。

吠造一面豎起尾巴搖擺一面往前走。從後面看來，牠的尾巴像是一個左右倒過來的「問號」，尾端向右捲成一圈，隨著腳步左右擺動。

在那之前，我沒有仔細看過犬山先生，不，他其實是姓笹本，是個肩膀寬闊、眉宇和善的人。他四、五天後就會搬走，於是我們約定在他搬走之前，每天早上一起遛狗。

當我們回到狗屋，臨走之前，我忽然想起一件重要的事，我說：「請問……牠叫什麼名字？」

我從來沒有聽過笹本先生叫牠的名字。他原本想回答，但卻微微一笑，然後說：「既然牠就要變成妳的狗了，妳不妨替牠取個名字，這樣比較好。」

「噢？可是……」

笹本先生自顧自地點頭說：「沒問題啦。我是替牠取了名字，但是很少喊牠的名字，幾乎都是喂呀喂的叫牠。」

聽他這麼一說，我突然覺得能替牠取名字眞是太令人高興了。這應該是笹本先生送我的最棒的禮物。

當笹本先生留下已經開始想名字的我，正要踏進家門時，回過頭來告訴我一件我連想都沒想過的事：「啊，這傢伙是母的。」

我一驚之下，看了吠造一眼，她露出牙齒，悶聲低吼。

或許她是在說：「妳眞沒禮貌！」

# 第三部 中盤戰

# 第1章　白國王展開戰鬥

1

「什麼？」

在這個節骨眼究竟是誰「想見我」呢？但是警車不可能帶純粹看熱鬧的人來。

伊達接著說：「目前闖進府上的歹徒手上持有霰彈槍，對吧？」

「是的。」

「坦白說，今天早上有一名男子被人奪槍殺害……」

我「嗚」的一聲，唇邊的肌肉變得僵硬。這就是賺到說的命案。

「他出門獵鴨，被人襲擊，歹徒搶走的就是那名男子的車。我們正在調查這起命案和石割有沒有關聯……」

警方辦案相當謹慎。除非有共犯，否則很可能是同一個歹徒的一連串犯行。然而，即使警方有百分之一百二十的把握，目前仍是以「可能」的階段來展開調查。這也是理所當然的事。

伊達垮著一張臉說：「想見你的就是那個被害人的太太。」

「什麼？」

「認完屍、做完筆錄後，她聽到了這件事，她說回家之前，想和你打聲招呼。她說她得這麼做才能回家。這個案件可說史無前例，關係人心情大受打擊，她答應只和你打聲招呼就好，所以我們就帶她來了。請你務必和她見面。」

我搞不清楚這究竟是怎麼一回事，總覺得自己的腦袋在空轉。總之，我機械性地點了點頭。

伊達走向警車，打開車門。一名看似五十多歲的婦人下了車，在冬天的馬路上步履蹣跚地朝我走來。就她的年紀而言，個頭算高。我也趕緊下車。

她停下腳步說：「我叫瀨川五月。」

現在離新綠嬌翠欲滴的五月尚遠，我也報上姓名，她深深一鞠躬：「這次因爲外子的槍引發這種事，我眞的十分過意不去。」

少根筋的我這才心想：噢，原來打聲招呼是指道歉啊，她眞了不起。剛遭逢喪夫之痛，竟然還記得向我致歉。

「……不，妳想必也不好受……」

瀨川太太輕咬嘴唇地說：「我總覺得外子要我向你道歉。」

她既沒有勉強別人接受自己的情感，也無意辯解。

這時，我內心湧起一股十分奇特的感受。我無法清楚地說明，但最接近的說法或許可說是連帶意識。因爲石割這名邪惡的闖入者而被拆散的夫妻，就這一點來說，我們的遭遇相同。

瀨川太太接著說：「外子在我還在睡覺時出門，現在說這些也於事於補……但是如果我當時起床和他說幾句話，說不定他出發的時間就會晚幾分鐘，這麼一來……或許就不會發生這種事了。」

她的顴骨較高，看起來是個個性堅強的人，但嘴角忽然顫抖起來，顯露出她內心的脆弱。她或許就像在看電影般，眼底浮現了實際上和丈夫不曾有過的最後對話，以及目送他開車離去的情景。我知道她目前由衷期盼的事，如果能夠沒有任何顧忌地說出口的話，瀨川太太一定想這麼說：

——希望被當人質的尊夫人能夠毫髮無傷地獲救。

這是理所當然、毋庸置疑的事。如果說得更清楚的話，應該是這樣的：

——然後，希望她和你能夠像這件事沒發生前一樣，過著風平浪靜的生活。

「他的工作是……花店老闆吧？」

由於知道瀨川先生的職業，我不禁這樣脫口而出。

「……你說什麼？」

瀨川太太眨了眨眼。連我也不太清楚自己要說什麼。但是在說話時我明白了自己想說什麼。

「他應該很喜歡花吧？」

「是的。」

聽說槍是在他去打獵的路上遭搶。如果就賺到所說的，他是死在冬天河濱的蘆葦叢中。無數的蘆葦朝向天際，就像毫無生命的淡咖啡色垂直線，由地面射向天際的無情細雨。

「他遇害的那一帶……一朵花都沒有，對嗎？」

瀨川太太這才忽然明白我的言下之意。

「……我想是的。」

「當然，我想妳應該會那麼做，我也拜託妳，請放進大量他喜愛的花朵。」

要多到幾乎從靈柩裡滿出來。

一般放的是菊花，我不太清楚喪葬的禮俗，但是應該沒有什麼花不能放進去吧，遺族能做的就只有這些了。

「……謝謝你。」

「抱歉，多嘴了。」

「哪裡，謝謝你告訴我……」

瀨川太太臨走前又深深一鞠躬才離去。

她應該是向警方求了半天，警方才帶她過來的吧。若是警方不肯帶她來，說不定她會硬闖。警方大概也認爲，如果只是和我見一面的話，還是讓她如願，比較不會引起騷動吧。

我們僅僅交談了幾句，但感覺卻像是說了千言萬語。

在這之前的我，若要形容的話，就像被捆綁得動彈不得一樣。嚴重的事態如千斤重擔壓在我肩上。與瀨川太太交談後，我有種如釋重負的感覺。

總之，必須採取行動。時間拖得越久就會變得越複雜，這點是肯定的。

我試著對伊達說：「不好意思，我想去買換洗衣物、毛毯，還有食物。而且我想告訴朋友這件事情……」

「在這附近嗎？」

我刻意從容地說：「是的，在鎮上，我馬上就回來。如果有什麼事的話，可以打手機和我聯絡……」

伊達的嘴巴抿成一條線，稍稍想了一下。就目前的情況來說，我應該形同遭到軟禁吧。站在警方的立場，他們或許想事先將一顆棋子擺在身邊，以備不時之需。但是，我的要求合情合理，何況我並不想逃走。

再說，我也逃不了。但至少我是被害人的丈夫，無論做什麼都不會被懷疑。

伊達十分謹慎地叮嚀我：「請你不要跑太遠，要能夠隨時趕回來。」

「當然，最關心事情變化的就是我了。」

這是肺腑之言，眞話力量大。

「好吧……讓警車開路吧？」

「啊，如果能送我穿過看熱鬧的人群，那眞是感激不盡。」

## 2

我衝進最近的便利商店並不是爲了買食物，我才沒有那種閒工夫。我馬上走向電話。不過，要打電話的話，我大可用自己的手機。

只是現在擋在我面前的不只石割，我還得和擁有日本最先進設備的機關——警察——爲敵。我的手機恐怕已經被監聽。

我是個機器白痴，不知道應該警戒到何種程度。但是我沒有時間去弄清楚這種事，只能加倍謹慎小心。

我撥打賺到的手機。

「我是末永。」電話一接通，我立刻報上名字。

「喔。」

「你還在公司嗎？」

「我正要離開，我請記者跟著我。」

「公司的轉播車呢？」

「轉播車也出動了。不過，你……」

「我怎樣？」

「沒什麼。」

賺到大概認爲我配合度十足吧。

「你聽好了，我們公司的人大概會是最先抵達現場的。」

「噢。」

「我本來想傳眞地圖給你，但是沒時間了，而且我家也沒那麼難找。我有件事要拜託你。」

「嗯。」

「你畫個英文字母『T』。」

停了一會兒，賺到說：「畫好了。」

「上面那一橫的前端有房子。直的那一豎是產業道路，前面有一段路還沒鋪好。房子的那一帶正好是路的盡頭。」

「所以石割才會闖進你家？」

「沒錯，那一橫是一條勉強能會車的小路，這條路通往國道。看熱鬧的群眾現在就擠在橫豎這兩條路的交叉點。」

「嗯。」

「目前警方已經封鎖那個交叉點。……但是，等到轉播車陸續開來，警方應該會擋不住。」

光是我們這邊的人馬，電視台就出動了一部轉播車打前鋒，外加坐滿記者和攝影師的兩部車。公司方面會派賺到他們過來，除此之外，各家電視台、報社，晚一點連週刊雜誌都會來吧。

「說得也是。」

「我不曉得霰彈槍的射程有多遠，但是我家離剛才說的那條路還很遠，再靠近一點應該沒有安全上的問題。所以我想讓最先到的同事開到那一豎，也就是產業道路，然後靠左停車。」

或者，說不定我是連那一點也考慮進去，才會空下產業道路。無法靠近的採訪組應該會和並排於那一橫上的住家交涉吧。有的農家院子寬廣，足夠採訪組設立採訪基地。

賺到和我們電視製作公司所屬的電視台——東亞電視——八成會是最起勁的。不，若不是這樣的話可就傷腦筋了。

「嗯、嗯。」賺到應道。

「左手邊是溝渠，上面有水溝蓋，就像人行道一樣。警方應該會要你將半個車身開上溝渠停在上頭吧。好……就是那裡。」

3

「其實那一豎上有好幾條橫向的小岔路，也就是所謂的田間小路。大都是一般的小路，但是靠近那一橫的地方，有一條小路車子可以開進去。」

「哦！」

「那條路的路面較寬，是爲了讓耕作機械可以開進去。因爲沒有鋪柏油，所以不明顯。外地人不知道路況，應該不會開進去。……但是，車子進得去。」

「車子進得去？」

「我不曉得一般車進不進得去，但是小轎車沒問題。我走過，所以知道。從那裡一直往前開，會通到沿著另一條溝渠的小路。你聽好了，我希望你用大型車悄悄堵住那個路口。」

「嗄？」

「我希望你用我們派來的車圍住那一帶。然後……接下來的事很重要，等到天黑，我希望你把車子稍稍從那個路口移開。」

賺到倒抽了一口氣，然後說：「逃亡路線嗎……喂，你和石割交易了嗎？」

「我不回答。你最好別問。」

我彷彿看到賺到熱血奔騰的模樣，他說：「好。」

「說不定騎腳踏車看熱鬧的民眾也會跑去那條路。但是，太陽一下山他們應該就會離開，畢竟，田裡變得一片漆黑了。天黑之後，如果還有好事者沒有離開，不好意思，請你趕他們走。如果對方是外行人的話，只要用手電筒照記者的臂章，告訴他們這是警方的意思，他們應該就會乖乖聽話。」

「你……你接受了交易，他要求你讓車道保持暢通嗎？」賺到的口氣很激動。

「拜託你嘍。我是認眞的，我這輩子就求你這一次。」

賺到的腦子裡彷彿浮現了那個畫面。

「我會預留一條通道，讓你們輕輕鬆鬆彎進去。」

「太好了。」

賺到彷彿說夢話似地說：「……所以，石割的車會從我的眼前逃走嗎？」

「我說過了，我不回答。」

「喂，我可以跟在你們後面吧？」

「我不能保證你的生命安全喲。再說，置身在歹徒的車和追捕逃犯的警車車陣裡，後果可是不堪設想。頂多跟在警方後面，這樣還是可以搶到獨家吧？」

「……這樣的話，就要出動直升機了吧？」

「大白天也就罷了，晚上要拿到起飛許可應該不容易。總之……這件事找我商量也沒用！」

「說得也是，抱歉……謝啦。」

賺到向我道謝，但我並不覺得開心。

4

我從便利商店飛車急馳，車程不到五分鐘的地方住了一位朋友。他是我讀小學一年級時互相幫對方背書包的玩伴。

現在很少人會一直待在從小生長的地方。有些人是因爲想住在都市，有些則是工作的緣故，被派去北邊的北海道或南邊的沖繩等處。故鄉是一個遙遠而令人懷念的地方。

因此，年逾三十還能經常見到兒時的玩伴，難道不是一件稀奇的事？

梶原啓三，任職於鎮公所，這傢伙就是我的朋友。我們到了國中、高中都唸同一所學校，所以一起上下學的情誼得以延續下來。到了上大學終究無法再唸同一所學校，生活圈和作息也不一樣。而工作之後，我和地方公務員的上班時間更是大不相同。

因此我們疏遠了好一陣子，但是約莫兩年前，我碰巧在超市的牛肉攤前遇到他母親，得知梶原住院了。

「他酒喝太多了，不用特別擔心。總之，他是閒到發慌。」他母親手上拿著一包五花肉說道。

他竟然閒到發慌，我是忙到時間不夠用。當時還不認識友貴子，所以假日有空。

回到家，我心血來潮，一頭探進壁櫥，在一陣窸窸窣窣聲後，從裡頭拿出摺疊式棋盤和裝在瓦楞紙箱中的一套圍棋。這是我在高中時代一時衝動下到車站附近當鋪買的流當品。我想當時的當鋪裡，麻將用具自是不在話下，這種東西也經常可見。

於是我和梶原輪流到對方家下圍棋。梶原的父親是圍棋高手，他家裡有一套比賽用的圍棋，但是我們怕弄壞不敢用。

他父親曾過來看我們下棋，然後笑著說：「你們在做什麼啊……」

我們下圍棋不經深思，沒有謀略，只看眼前的輸贏。我們下棋大多時候是在互相欺騙，一旦有機會吃掉對方的子，便故意將視線轉向別處，然後口中唸唸有詞。由於我們用的是這種狡猾的手法，所以除了彼此之外，沒人肯和我們下棋。
後來，我們玩起了稱之為「本因坊戰」(譯註)的七戰四勝，用鉛筆將勝負表寫在瓦楞紙箱上。
時光荏苒，十年轉眼即逝。
我從超市的塑膠袋中拿出購買的東西，然後放進棋盤和棋子。因為是大袋子，所以勉強裝得下。
晚餐後，我前往醫院。梶原家和院長是老交情，或許是這個緣故，梶原住進了寬敞舒適的單人房。梶原穿著睡衣坐在椅子上看週刊雜誌，看起來比我還有精神。
我一從袋子裡拿出昔日的棋具，時光彷彿回到了十年前。
當探病時間結束，我打算回去時，梶原留住我。
「放心啦，這裡可是醫院。說不定有急診病人，所以大門會開著的。」
其實他是騙人的。當我十一點多搭電梯下樓前往大門時，大門已經深鎖。我向走道上的護士小姐求助，這才到警衛室請警衛幫我開門。
「你不注意時間的話，會造成我們的困擾。」
鬍子濃密的警衛皺著眉頭告誡我，我只能一言不發。

**譯註**：全世界歷史最悠久的職業棋戰。日本江戶時代，本因坊是圍棋四大家之首，日本古代圍棋史上的十位名人中，七位出自本因坊，末代本因坊秀哉退隱後，將「本因坊」的名號捐給日本棋院，日本棋院因此有資格舉辦以本因坊命名的棋戰。

挨了罵還不反省是很糟糕的，但是我的心情卻莫名爽快。走出醫院，外面是一片星光燦爛的美麗夜晚，天空彷彿傳來星辰細語。

從那一晚開始，我們便經常見面，持續下了好一陣子的爛棋，而且即使不想下棋，或只是為了閒聊，我還是會出門去找他。

但是，我還是得到了好處。

首先是得到製作節目的靈感——二月二十九日出生的太太，其實就是梶原的夫人，他們讓我到家裡錄影。撇開工作的事不談，若有朋友過的是深入當地的生活，會帶來許多方便。像我這種單身漢，對住家附近的店家出乎意料地陌生，因為大部分的事都可以在東京解決。除了常去的大型超市之外，有哪些特價商店，或者想趁空整理院子，用具要去哪裡買……諸如此類的事，問有家室的人是最快的。於是我買的飲料和他家一樣，是從同一家店整箱購買的；購買大型家具，我們也一起買。除此之外，當梶原換新車時，我也跟著他買了一輛同款的車，價格便宜到令人不敢相信。而當我和友貴子結婚時，在一旁祝福我的也是梶原夫婦。友貴子自己也不想舉辦婚宴，但是起碼——這麼說很失禮——我們和梶原夫婦一起吃飯，這就是我們的婚宴。

如此這般，我們這一對新婚夫妻在各方面都受到梶原夫婦的照顧。

## 5

我要去買東西、去朋友家——我以此爲藉口離開現場，但是我主要並不是買東西，而是打電話給賺到，以及去找梶原。人不可或缺的是朋友。

情勢瞬息萬變，這是一場與時間的競賽，我無論如何都必須見梶原一面。今天是星期六，梶原應該放假。他和基本上有排班表但是休假不固定的賺到不同。

梶原就在他家的院子裡。冬天晝短夜長，但是離黑夜降臨還有一段時間。即使天色陰暗，屋外還是比屋內明亮。或許是鄰近東京的緣故，這一帶有一家晚報下午三點多便送達。梶原拿著晚報，站在院子讀報。

我一停車，一面開車門一面慌張地喊他。專心讀報的梶原，似乎搞不清楚是誰在叫他，或者誤以爲是幻聽而抬起頭來。接著他就像節拍器那樣左右擺動地將頭轉向我。

「嗨！」

鐵門上垂直的欄杆看起來就像籠子。因爲是老朋友家，於是我自行推門進去。

「你看過報紙了嗎？」

「嗯……發生了一起駭人聽聞的命案。」

晚報報導的大概就只是深夜搶劫殺人、清晨搶奪獵槍殺人吧。但光是這樣，就已經很不得了了。

「沒錯。」

「……而且，喂，」梶原攤開報紙給我看，他說：「現場就在這附近耶，那個地方開車一下就到了。」

「嗯，是一下就到了……而且對方已經來了。」

「什麼？」梶原聽得一頭霧水。

「對方現在在我家。」

「……客人嗎？」

我搖了搖頭說：「不是客人，是不請自來的那個歹徒。」

梶原緩緩地闔上報紙，「你說什麼？」

梶原身材魁梧，頂著一顆圓圓的頭，還有一雙與中年男子不搭調的孩子氣的雙眼皮。

「電視新聞還沒報導嗎……歹徒闖進我家了。」

警方似乎尚未正式發佈這個消息。媒體之中動作最快的應該是我們公司。我打電話去請假的同時，應該就等於告訴了報導局的社會部。

今天的談話性節目沒有提到這件事，就算要提也不可能搶在報導局之前。賺到沒辦法擅作主張讓來賓在節目中說「聽說發生了歹徒挾持人質的事件」或「眞是可怕啊」。

如果那麼做的話，後果將不堪設想。凡事必須照先後順序來。

我打電話聯絡報導局，這時的當務之急是確認目前的情況。一般遇到這種情況，應該是打電話給警方和案發現場附近的住戶，探探他們的口風，確定消息無誤後，再討論如何因應。如果能夠等到整點的新聞報導，那也還好。問題是，這是重大事件，情況不同。

接著是三選一。簡單來說，應該採取的因應之道有三種……。

「不，沒看到。」

「這裡聽得到警車的聲音吧？」

「噢，我是覺得很吵……」

梶原一面回答，表情漸漸變得僵硬。「你說的是真的嗎？喂！」

「我才不會開這種玩笑。當我回到家，歹徒已經闖進家裡了。」

梶原用力地點頭，然後一副了然於心的模樣，他說：「好，你要我收留你，是嗎……哎呀，這種時候不該這麼說，但是換個角度想，也算是不幸中的大幸。你家應該會被弄得亂七八糟吧，不過，那沒關係。要是被歹徒當作人質可就不好了，只要你和你太太平安無事就好……」

說到這裡，梶原朝車子看了一眼，「……你太太呢？」

「她被歹徒當作人質了。」

## 6

梶原頓時目瞪口呆。

梶原家的側門打開了，二月二十九日生的太太從走道上探出頭來。她和梶原有夫妻臉，臉形豐滿，看起來很有福相。

她身後的孩子也是圓臉，稍稍一露出臉，馬上像是不好意思見到我似地一溜煙跑走了。大嫂平靜地說：「哎呀，我還以爲是誰呢，原來是末永先生……老公，你在幹嘛，怎麼不請人家進來坐呢？」

我稍稍舉起手說：「不，我有點急事，站著說就可以了。」

大嫂自顧自地繼續說：「親戚又寄了橘子來。很甜喲。呃，那不是椪柑……叫什麼來著？」

「桶柑吧。」梶原很快地回答。大嫂的親戚之中有人喜愛吃橘子，陸續將各地的橘子寄過來。前陣子收到的是椪柑。

「對、對、對，是桶柑，吃起來很爽口。如果不嫌棄的話，拿一些去嘛。它的皮啊……」

梶原將報紙遞給太太，他說：「現在不是說那個的時候。」

「哎呀……」

大嫂稍稍鼓起腮幫子，我覺得不好意思。梶原不以爲意地說：「既然發生了這種事情，你怎麼會在這裡……你來這裡做什麼？」

我說出事先想好的話，說完便低下頭。這大概是個強人所難的要求，梶原爲難地說：「你爲什麼要那麼做？」

「總歸一句話，爲了救友貴子。」

梶原臉色凝重地說：「可是啊，既然這樣，最好交給專家和警方處理吧？」

梶原試著安撫我的情緒。

我用格外冷靜的口吻說：「那是理所當然的。但是，現在的情況不同。友貴子和一般人不一樣，這一點我無法三言兩語就說清楚……抱歉，我不想說。只是那傢伙的神經沒辦法忍受這種狀況，非得早點將她救出來不可，哪怕是早一分一秒都好。否則那傢伙會失去理智。她就會像摔落的玻璃製品一樣。現在不是講道理的時候，我必須在友貴子心碎之前，伸手接住。除此之外，我別無選擇。」

我直盯著梶原的雙眼。他吁了一口氣說：「我明白你的心情。任誰都無法忍受與殺人犯對峙，更何況……」

是女人——梶原話說到一半便吞了回去。他立刻接著說：「但是，你不可能辦到吧？你這個門外漢，打算獨自一個人與殺人犯對峙嗎？」

「如果失敗的話……我只有死路一條。但如果是爲了友貴子而犧牲的話，我在所不惜。」

「喂！」大嫂站在走道上瞪大了眼珠子。

「我知道這會給你們添麻煩，但是看在從小學至今的交情，請你答應我……我打從心裡求你。我這一路走來，不曾像這樣求過人。如果認眞想起來，當然有過——有過幾次。但是，和現在比起來，都顯得微不足道……總之，我從來沒有拿性命作賭注。」

「……」

「我知道對友貴子來說，有沒有這個需要，還是只要在旁邊看著也就夠了，這當中的區別我是了解的。我非這麼做不可，否則就失去了我生而爲人的意義。」

梶原低頭看著地面。院子裡有像假山的小土堆，土堆旁放了兩盆植樹的盆栽；秋天時盆裡好像種了什麼東西，現在卻任意丟置。磚瓦色的盆栽四周因爲雨水濺起泥土而佈滿紋路，宛如乾枯稻草的莖葉像老婆婆般蹲伏在盆栽上，而泥土則像是圓形的坐墊。

梶原盯著那兩個花盆瞧了好一會兒，不久抬起頭來，他說：「我想我應該阻止你。但是……你聽了大概會覺得我很孬種，我總覺得背脊陣陣發涼。」

「你肯幫我嗎？」

「嗯。」

「不懂的地方你就先別管，我想不要一一說明比較好。一切照我說的去做，你只要當作是被我利用就好了。但是不好意思，在事情結束之前，我希望你們不要待在家裡。你放心，不會太久的。」

「我知道了。難得有這種機會……雖然這麼說很奇怪，那我們就去東京住一晚，享受全家旅行的滋味。」

「抱歉……我發誓，我絕對不會把歹徒帶進這個屋子。不過，我希望你讓我準備一些東西，那些東西我不想被任何人看見。」

不管住哪都需要花錢。於是我拿出錢包，但是梶原搖了搖頭。

「這種時候我怎麼能收你的錢呢？」

「你是因爲我才離開。這點錢應該不夠，不夠的部分你就用這張卡支付。」

「既然這樣，我再跟你請款吧。我會去住高級飯店，吃頂級牛排，到時你看到帳單可別嚇到喲……不過，我會等你事情全部解決之後再跟你要錢。爲了能拿到錢，你可要給我小心一點喲！聽到了嗎？」

沒時間多說了。大嫂準備外出的東西，梶原將我拜託他的東西塞進超市的塑膠袋裡——封箱膠帶、螺絲起子、報紙……。

「我說不定會睡在車上，毛毯也可以借我嗎？」

「就算用不到，既然想到了還是帶著比較好。畢竟大可兼小。」

我雖然覺得這種說法很奇怪，但也沒打算糾正他。

「謝謝。」

「吃的、喝的呢？」

經他這一提，我才忽然驚覺到了。這雖然是一句再普通不過的話，但我卻覺得像是一把完全吻合的鑰匙插進了腦袋瓜裡的鑰匙孔——吃的，還有喝的。

這讓我想起了一件事。

# 第2章　白皇后憶起與「她」共度的時光

1

原來吠造是「她」而不是「他」。

過去那樣叫牠或許非常沒禮貌。是的，應該叫牠吠子而不是吠造。但是，我從沒想過牠是母的，一直認為牠是公的。誰叫牠一點也不可愛，動不動就齜牙咧嘴、對人亂叫，令人不禁愕然地想：「這傢伙是怎麼回事啊？」果然是不能以貌取人。

啊，牠不是人。

所以呀，我還是會擔心牠的配合度。即使和牠相處了半年，但是那麼愛生氣的一隻狗，究竟會不會和我親近呢？但是仔細想想，牠就不會對犬山先生——噢！不，是笹本先生吠叫。這麼說來，只要牠認同我是「飼主」，應該就會沒事吧。

再說，雖然和牠相處了半年，但是對我來說，牠不過是隔壁鄰居養的一條狗，我總覺得「不可以多管閒事」，所以也不會出聲叫牠。而且當我餵牠營養午餐的麵包卻遭牠吠叫後，我便躲在窗簾後面偷偷看牠。

所以，如果好好和牠相處，我們的關係或許會有所不同。

就這一點來說，和笹本先生一起帶著吠造有過短暫的晨間散步是對的。我在吠造面前和笹本先生說話。

這一點的意義非凡。

後來我才漸漸明白，狗非常了解飼主的心情。若主人對某人抱持好感，狗也會把這個人當成夥伴。相反地，若是飼主臭著一張臉，那麼狗就會對那個人懷有敵意。所以，吠造光是看到我和笹本先生並肩走在一起的親暱模樣，就會認爲：噢，這個人不是壞人。

從第二天開始，我將狗屋移到我家這邊。雖然才移了一公尺，但這就表示吠造搬家了。餵牠吃飯時，我們也一起陪著牠。笹本先生說：「當牠吃東西時，就算盤子放歪了，也不能伸手挪正。」

啊，我想起了這就是所謂的「恩將仇報」。

當笹本先生搬走後，吠造便成了我家的狗。得替牠取個名字才行，但是我並沒有爲此大傷腦筋。有一天，母親不知從哪裡買回來一盒袋裝的和泉屋餅乾。那應該是小學三年級時的事吧。那個餅乾非常好吃，有好幾種口味，其中有一種表面呈褐色的酥酥脆脆的餅乾。我第一眼看到時，就覺得吠造背部的顏色和那個餅乾很像。

「餅乾」既好叫又可愛。我之前都叫牠吠造，或許叫牠「黃金」可以減輕我的罪惡感。雖然牠不像「餅乾」這個名字那麼可愛，但是我想得到的就只有「黃金」而已。我曾聽說有一種狗叫黃金獵犬，所以才想到「黃金」這個名字，並不是有什麼特殊的涵義。再說，吠造並不是黃金獵犬，所以餅乾就順理成章成了牠的名字。

我第一次餵牠吃飯是在笹本先生搬走的那天傍晚。當我從學校放學回家時，隔壁大門已經上了鎖。笹本先生不是出去一下，而是眞的搬走了，但是餅乾並不知道，一想到這裡，我就很同情牠。

我在前一天騎腳踏車到郊外一家大型寵物店買狗飼料。那家店叫某某中心，是個賣園藝用品、木工工具和寵物用品的店。當然，我不是第一次去，但是之前都沒有仔細看過狗的用品，所以店內形形色色的東西令我驚訝不已。

我只買了狗飼料。

笹本先生說：「牠什麼都吃，餵牠剩飯也行。」但是我們家就我們母女倆相依爲命，並不會有多餘的肉剩下。我心想偶爾讓牠吃乾狗糧比較好吧。

笹本先生也說：「如果妳擔心的話，有時候也可以餵牠狗飼料。牠會很高興。」

我知道有狗飼料這種東西，但是我並不清楚狗飼料長什麼樣子。學校裡有養兔子，但是貓狗大概是過於常見的緣故，並沒有飼養。

當我看到袋子和盒子上的圖片時大吃一驚。狗飼料有好幾種，還依照成份的不同而有不同的形狀，看起來就像玩具一樣。但是，我買的是一盒較爲樸素、標示「日本犬」吃的狗飼料。

打開一看，心想這種東西眞的好嗎？它看起來就像大藥丸。

我看著一旁的成份表，不禁嚇了一跳，裡頭不但含有牛肉和骨頭，還有黃豆、麵粉、起司、蔬菜——一長串的食材名稱。我心想，乖乖，這簡直就像太空餐。

說到吃飯，笹本先生說一天餵一次就好，這又令我吃了一驚。因爲在這之前，我一直以爲狗也是早中晚吃三餐。

原來身邊有許多我不曉得的事，這要感謝餅乾，我才得以知道。

笹本先生說他都是早上餵牠吃飯，我也打算這麼做。但是唯有第一天例外，因爲我想用狗飼料代替打招呼，表示我對牠的好感。

當我一靠近餅乾，牠果然又吠了。但是，或許是心理作用，我覺得牠叫得和以前略有不同，似乎敵意沒那麼深了。那天早上，我在笹本先生面前撫摸牠的頭，牠一副不知所措的模樣，低聲嗚叫，但是並沒有抗拒。

「餅乾、餅乾，早安。」

我先是這麼說，然後試著靠近牠。我面帶微笑，但是我一靠近，牠就叫得更大聲。好像不能將手背在身後，這樣會讓牠疑神疑鬼，於是我將藏在背後的盒子拿到牠面前。

「是狗飼料喲。」

我總覺得牠使勁地伸長了脖子。牠這是明白了眼前的情況，還是聽得懂「狗飼料」呢？

「餵妳吃好不好？」

我一面對餅乾說一面蹲下來將牠的盤子拉過來。坦白說，我很害怕。雖然牠的體型並不大，但是牠有牙齒——一想到那一口尖銳的利牙咬進皮膚裡，我幾乎嚇得腿發軟。我心想，如果被牠感覺到我的想法就完了。於是我故作鎮定，佯裝冷靜。

幸好餅乾一心期待著飼料。牠雖然瞪著我，但是不再叫了。牠並沒有撲向我。

我事先將狗飼料分裝在透明的塑膠袋裡，然後從盒子裡拿出袋子。就分量而言有點少。我將一整袋全倒進盤子，迅速地放在餅乾面前。我心想如果不全部倒出來的話，恐怕牠會撲過來。

盤子尚未放到地上，餅乾就將鼻子湊了過來，大口吃了起來。我按照笹本先生所說的，在牠吃完之前不伸手過去。

牠全身散發出喜悅。我聽說狗高興時會搖尾巴，果眞如此。

牠的尾巴彷彿有表情一樣。此時牠的尾巴像在拍趕蜜蜂似地很有精神地咻咻搖擺，看起來就像一支吸飽墨汁的大毛筆所寫下的「問號」。

牠的尾巴輕柔地撥動晚秋的空氣，彷彿刮起了小小、小小的旋風。我抬頭看著萬里無雲的天空，好像從某處傳來玻璃清脆悅耳的聲音。

……啊，當時我和餅乾頭頂上的一片蔚藍，此刻猶如浮現在眼前。

我迎接小學的最後一年。那一瞬間就像一場夢，但確實發生過。生鏽的紅褐色簷槽彼端，明亮的天空熠熠生輝，猶如遠方無邊無際的大海。

如果上下顚倒的話，個頭嬌小的我應該會從櫛比鱗次的房子屋頂所形成的平行線間，被吸入無垠無涯的天際吧。

## 2

「……吃了飼料，請妳把我當好人喲。」我喃喃自語。

我想以後上學前和放學回家──早上和傍晚──都帶牠去散步。那一天，是我第一次獨自遛狗。我心想，如果用拉繩牽著牠，牠突然抵抗的話，可就傷腦筋了。

啊！這件事我是事後才知道的，原來一般都是用鐵鏈栓著，溜狗時才換成拉繩。但是笹本先生一直都是用較長的拉繩栓住牠，眞是謝天謝地。他一開始就用拉繩，免去了伸手到牠的脖子將鐵鏈換成拉繩的麻煩。

我在遛狗前想先討好牠，這是一種姑息的做法。

就人來說，飯後運動不太好，所以我猶豫著該不該這麼做。

但是動物應該沒空想那麼多，比如，當狼在大快朵頤時，如果遭到更兇猛的動物襲擊那該怎麼辦？狼根本沒有閒工夫「飯後休息」。會這麼說的，應該只有身體生鏽的人吧。

所以，我先餵牠狗飼料，再拿拉繩是對的。牠愉快地跟我去散步。

我看著牠規律搖擺的咖啡色背影，心想，不知道在牠的心裡是怎麼看待笹本先生？牠會不會認爲笹本先生只是暫時出遠門，由我代爲照顧呢？

從笹本先生搬走到冬天來臨，在這段短短的時間裡，餅乾長大了。

幸好我在牠還沒發育完就認養牠，沒想到餅乾很快就和我親近起來。

值得慶幸的是，餅乾身強體壯，我的意思並不是說牠力氣大。母親說：「還得查查狂犬病的預防注射。」於是我去圖書館閱讀有關狗的書。書上提到了狗的疾病，我之前壓根兒沒有擔心過這件事，心裡頓時一驚。但是餅乾後來也沒有因爲生病而給我們添麻煩，牠是一隻健壯的狗。

說到最令人頭痛的事，不用說，那就是吠叫。

似乎有些品種的狗天生就愛亂叫，硬是要讓這種狗閉嘴，似乎有礙心理衛生。但是這麼說很奇怪，因爲餅乾是一隻普通的雜種狗。我心想，只要盡量減少牠的壓力，傍晚帶牠去散步的話，牠亂叫的次數應該會減少。

看來要達到這個目標，還是得訓練牠。我在書上看到一段很有道理的一段話：當狗吠叫時，即使兇牠也是白費力氣。你一定覺得莫名其妙吧？

當狗「汪汪」叫時，就算「喂」地兇牠，牠也只會以「汪汪——喂」的形式記在腦袋裡。

換句話說，反正牠都叫了，對牠已經做了的事唸牠是沒有用的。聽說不在吠叫之前警告就沒有用，所以要在牠「嗚嗚嗚」叫時，就「喂」地喝止牠。這時，如果牠停止叫聲，就要像牠完成一項高難度的才藝般大肆地誇獎牠。因此，訓練狗的步驟是「嗚嗚嗚——喂——停止叫聲——誇獎牠」。這就是……。

……抱歉。

……謝謝。是的，我已經沒事了。因爲你靜靜地聽我說，我一不小心就說了一大堆。

不，是我想說。我過去一直以爲這世上沒有人肯聽我說話。

3

啊，從這裡可以下去吧。下面就像一座運動場，可以把車子開下去。

不回車上嗎？不去那邊看看嗎？那個……如果你不介意的話，請讓我來開車。

是的，我來到這裡之後，上過駕訓班。我沒有任何證照，所以至少考了張駕照……再說，駕照可以代替身分證，對吧？一個人住，如果有駕照就方便多了。

這些錢雖然算不上是大筆遺產，但總還是有些數兒。

是的，我沒有車。我好一陣子沒開車了，所以請你教我。

# 第3章　白國王憶及接龍

1

「食物」——「飲料」（譯註）。噢，是接龍。

這是一種遊戲，詞彙必須毫不間斷地接下去。

瀨川太太的先生死於冬天的江戶川河濱。

一年多前的過年時，我和友貴子曾一起去江戶川的河堤。我們還往下走到河濱，這是很偶然的事。

河濱並不適合帶剛認識的女孩子去。

但是友貴子討厭去人多的地方。

我們第一次約會是在超市隔壁的一家甜甜圈店。雖說是鄉下小鎮，但也有這種店。

友貴子說不能待太久，於是我們點了茶。

對友貴子而言，光是到這裡來，就是天大的事。做不可能做的事，只能說是命運。是什麼讓友貴子這麼做的。

友貴子坐在我面前，她只會簡短地回答我的問題，並不時地搖搖頭。坦白說，我感到不耐煩與焦躁。

我們走出店來到前面的停車場，我說要送她回家，她斷然拒絕了。但是，當我將白色塑膠袋遞給她，準備坐進駕駛座時，我感受到一雙隱隱求助的眼神。

我們穿過一條小巷，前往附近的公園。當時年關將近，兩個男孩趁著公園裡沒人在練習足球。他們或許是一對年紀相近的兄弟。

公園裡沒有長椅。如果要坐的話，倒是有兩個小孩子的鞦韆，但是我們站著。我們身穿大衣、夾克，並肩交談。我記得當時是十二月底，但是腳底下依然鋪滿了銀杏的落葉。

友貴子聊起中國皇帝與臣子的故事。天氣很冷。

我們約好再見面便道別了。下次約會時，我開車載她。

要友貴子坐上男人的車，需要有躍入寒冬大海的決心。我一會兒對著縮著身子的友貴子遞名片，一會兒又是亮駕照的，證明「我不是可疑人物」。看似在搞笑，但我是認眞的。

友貴子一上車就說：「離開這裡。」我們漫無目的地往前開，穿過幾條陌生的路，來到某條陋巷中的咖啡店。這是我有生以來，首次造訪那個城鎭。

我們第三次的約會就是江戶川。一個天氣微涼的午後，天空像是貼滿了灰色的薄紙。對於看慣大海的友貴子而言，應該並不稀奇吧。然而，那是附近能夠看見最多水的地方，我想

---

譯註：食物的日文發音為「tabemono」，飲料的日文發音為「nomimono」。

帶友貴子去河畔。因為是冬天，江戶川看起來像是遠遠地位在廣寬的河濱彼端。

我們走在河堤上，沒有牽手。半路上，友貴子停止了訴說往事。

沒錯，後來友貴子發現有個地方能下去河濱，她說她想開車。

那時，我一直覺得眼前天旋地轉，感到莫名地亢奮，就像嗑了藥一樣。簡單來說，感覺就像聽見有人說：「我們一起死吧。」我無法清楚解釋為什麼會有這種幻想。

我坐上友貴子開的車，朝遙遠的地底而去。

我覺得那像是一條通往高空的路，彷彿要超越有限的生命。無論那是一條怎樣的路，友貴子都會是與我攜手同行的伴侶。

*2*

當然，友貴子在下坡時並沒有踩油門。

她開著不熟悉的車，在沒有護欄的險路上往下行駛。對生手而言，無論是在技術上或是心理上，這都不是一件容易的事。非比尋常的斜坡，看起來就像坐雲霄飛車一樣。我萬萬沒想到，楚楚可憐，一副弱不禁風的友貴子，竟然想要冒險。

然而，她一直盯著下方的眼神卻顯得堅定不移。對友貴子而言，似乎是正因如此，所以才值得這麼做。我看著她微微泛紅的臉頰，覺得這才是真正的她。

不知為什麼，她的這種本性就像窩在巢穴深處的兔子般地躲了起來。她隱藏自己的本性，而我好像稍稍窺見了她的本性。

道路一直延伸到一片蘆葦前，遠方尚未被割除的蘆葦長得比人還高，並且一路綿延下去。

當我們走向河畔時，有一輛車從同一個斜坡下來。他們是一家人，將車停在我們前面，前往整理成像是橄欖球場或足球場的河岸地。我馬上明白他們拿在手上的東西是什麼，那是風箏。

僅僅一只風箏飛上了天，陰天就像變魔術般，洋溢著過年的氣氛。這裡不用擔心風箏會纏到電線。看著風箏像老鷹般氣勢凌厲，掙脫線的束縛，令人心曠神怡。如果可以挑選的話，我認爲日本風箏比較適合，但是只要有就很慶幸了。

「……好久沒做過年時做的事了。」我喃喃自語。

「……我也是。」一旁的友貴子說道。因爲不是獨自一個人，所以有人回應。

「回程要去拜拜嗎？」

「不是專程去的話，神明不會生氣嗎？」

「總比沒去好吧？」

「其他還有什麼嗎？」

「過年時做的事？」

「嗯。」

「雙六（譯註一）、打羽毛毽。」

友貴子眉開眼笑，活像個笑福（譯註二）。

「換作現代活動的話，就是電玩加羽毛球吧？」

「是啊。」

我們的對話不再顯得生疏。友貴子背對著河川面向我。

「那，要不要玩日式的遊戲呢？」

「嗄？」

「接龍。」

我最後一次玩接龍是多久之前的事呢？

「好啊。」

友貴子微微偏著頭說：「那，第一個字是——接龍（shiritori）。」

「接龍……那就當令水果——蘋果（ringo）吧。」

友貴子一副算計的眼神。

「『go』結尾的話，『ko』開頭的字也可以吧？」

「對啊。」

「既然這樣，那就眼前應景的東西——冰（gori）。」

「栗鼠（risu）。」

「扒手（suri）。」

這是老招吧。我順著河面望去，遠方有一座橋，讓我聯想到：「陸橋（rikkyo）。」

「瓜（uri）。」

「來這招！」

以「ri」結尾的字發動連續攻擊，這是不折不扣的咄咄逼人吧？

語言這個東西很有趣，此刻聲音在腦子裡盤繞，成了作戰的武器。

友貴子有點擔心地問：「你生氣了？」

如果是急性子的人，說不定眞的會生氣。但是，我搖了搖頭。

「沒有……很有趣。」我稍微想了一下地說：「人名也可以嗎？」

「可以。」

「林白（rindobagu）。）

「栗子（kuri）。」

她早就準備好這一招了。我立刻還擊：「帆布背包（ryukkusakku）。」

如何？但是友貴子輕易拆招：「鎖（kusari）。」

既然如此，看我這招：「風險（risuku）。」

「藥（kusuri）。」

---

**譯註一**：類似升官圖的新年遊戲。

**譯註二**：蒙上眼睛將五官放在空白臉譜上的新年遊戲。

「嗯，只是倒過來而已啊。」

「不好意思。」

我想繼續以「ku」結尾的字反擊，但是一時想不出來。

「如果我說名單（risuto）的話，妳一定會說鳥（tori），對吧？」

螞蟻（ari）、領子（eri）、瓜（uri）、籠子（ori）、雁（kari）、霧（kiri）、栗子（kuri），光是舉這幾個，就知道字尾是「ri」的字很多。就連客人上門的「上門（iri）」、解決事情的「解決（keri）」、肩膀痠痛的「痠痛（kori）」，如今都已經名詞化了。重點是，她是不是注意到了。

「不對，酒壺（tokkuri）。」

「利益（rieki）。」

「霧（kiri）。」

「理解（rikai）。」

「ikari。」她說。「這是憤怒的『ikari』。」

「船的『錨（ikari）』，留待等一下再用吧。」

「是啊。因為還有炕（irori）』這個字。」

「那可眞——壯觀（rippa）呢！」

抽象的「理解」很好，「憤怒」和「壯觀」也不錯。友貴子微笑地說：「巴黎（pari），不過荷蘭芹（paseri）也不錯。」

「巴黎啊，如果地名也可以的話，北海道的利尻（rishiri）。」

沒錯，就是這樣。總之，我只要讓字尾是「ri」就行了。但是友貴子說出女孩子常做的事：「烹飪（ryori）。」

「倫理（rinri）。」

友貴子稍微想了一下說：「復健（rihabiri）。」

我無計可施，只好姑且回到想到的字。

「聽牌（richi）。」

「地理（chiri）。」

「地理的話，陸地（rikuchi）。」

「畚箕（chiritori）。」

「臨時（rinji）。」

我瞄了她一眼，壞心地想，她應該不好意思說「屁股」吧。

沒想到友貴子說：「屁股（oshiri）。」

「利息（rishi）。」

我心想，這下看妳怎麼辦。不可思議的是，我總覺得自己接近了容易受傷、難以靠近的友貴子。我們好不容易透過語言有了交集。

「撿貝殼（shiohigari）。」

「厲害喲！」

「如果是應景的東西，『稻草繩（shimekazari）（譯註）』比較好。」

「嗯。」友貴子一臉不安地陷入沉思。

「怎麼了？」

「我好害怕，覺得毛骨悚然。」

「害怕什麼？」

「害怕會接不下去。」

妳沒問題的。

「龍（ryu）。」

友貴子的表情倏地亮了起來。「怒吼（unari）。」

「龍怒吼啊。呃，龍宮（ryugu）。」

又是「u」結尾。

「說到龍宮，就會想到海（umi）吧。」

「海嗎？」

如果想繼續玩下去的話，只要別一直用咄咄逼人的「ri」就行了。

「不，是海上的波浪——浪潮（uneri）。」

如果妳要繼續用「ri」的話，我就奉陪到底。

「龍膽（rindo）。」

「扔出界外（uccyari）。」

「相撲啊。」

友貴子眨了眨雙眼皮的眼睛。

「……除此之外還有——踢腳拉臂側摔（ketaguri）、抓臂絆腿（tottari）、推出界外（tsuppari）……」

「哎呀。」

友貴子以手阻止我說出下一個字。

「怎麼了？」

「別玩了……好痛苦。」

*3*

寒風吹拂她短短的劉海。

「接龍是……是妳說要玩的喲。」

友貴子點了點頭地說：「嗯。」

「一旦開始了，就會有結束的時候。」

「我……」

---

**譯註**：日本人新年時懸掛於門口，用以趨吉避凶的擺飾。

「害怕結束？」

「對。」

「但是，這也是沒有辦法的事。既然有開始與結束，便會有過程，過程比較重要吧。」

友貴子看著我說：「你今後還肯跟我說話嗎？」

「願意……永遠願意。」

我說完將手伸向她的肩膀。友貴子微微發顫地扭動身子。她心裡明明在向我求救，身體卻抗拒我。

走回車子的路上，我試著依序在五十音後面加上「ri」，到了「sa」時才接不下去。

「沒有『sari』這個字吧？」

友貴子將拳頭抵在嘴邊說：「蠍子（sasori）吧。夏天的天蠍座。冬天的話……」

「嗯？」

友貴子往河堤向上跑了幾步，然後蹲下來，再縱身往下一跳。

「滑雪跳躍？」

「嗯。」

「什麼意思？」

「『最長不落地距離（saijofubokyori）』。」

「哦，原來如此。」

「sa」行克服了「sa」，剩下的就簡單了——屁股（siri）、扒手（suri）、芹菜（seri）、雪橇（sori）。

「下一個難關是『ta』啊。我只想得到『達利（dari）』（譯註）。」

「如果人名可以的話，有不少『ta』開頭的喲。」

「眞的？」

友貴子調皮地說：「平清盛（tairanokiyomori）。」

「啊，對呀，他們整個家族都姓平。」

「因爲我從前喜歡歷史。清盛的父親是忠盛對吧？其他像是重盛、宗盛、知盛，『ta』開頭的多得是。」

「就像金礦脈一樣，對吧。」

「但是，要想出字尾是『ri』的字，並不會太花力氣。比較累的是你吧。因爲接龍本來就是要一來一往，不是嗎？」

「沒錯，其實我正要說『立春（rissyun）』。」

友貴子噘著嘴說：「不行，請你改成『立秋（rissyu）』。」

她那可愛的模樣，令我想將她擁入懷中。

譯註：日文沒有發 tari 這個字。

4

腦海中剎那間閃過和友貴子初識時的回憶，宛如一條七彩緞帶從眼前晃過。

這時，手機響了。我想是警方或賺到打來的。

如果是警方打來的，一點都不值得高興，因爲這代表發生了緊急狀況。假使發生了槍戰，那將會是最糟的情況。只要歹徒落網，這事就落幕了。對別人來說，或許是謝天謝地的事，但是對我來說，並不值得慶賀。

我並不是因爲只考慮到自己，而有「讓石割逃走也無妨」的想法。若是如此，則對不起前來向我低頭致歉的瀨川太太，以及去世的瀨川先生。如果縱虎歸山的話，發生更嚴重慘案的機率是百分之一百二十。

這只是優先順序的問題，首先要救出友貴子，並且制伏石割。事情就是這樣。

這麼一想之後，我希望電話是賺到打來的。

我發現伸進口袋裡的手在顫抖，令人不敢相信的是，我抓了兩次才抓住手機。

我開始這麼想——我果然無法保持冷靜，這眞令人難以承受。我有一種奇怪的感覺，客觀看待事情的意識，好像在頭頂上兩、三公尺處。

這種想法很不吉利，好比說路易十六在法國大革命被推上斷頭台時，是否也是懷著這種心情走進刑場的呢？我深切感受到目前所發生的事，卻又不敢相信，感覺就像發高燒作夢似的。

我將手機抵住耳朵。

傳進耳裡的既不是警察也不是賺到的聲音。

# 第4章　白皇后的開學典禮

## 1

到了第二年，餅乾已經不再亂叫了。

牠自己明明叫得那麼大聲，卻討厭巨響。

所以，我會捲起報紙跟在牠旁邊……不，我不會打牠。當牠快要叫的時候，我就會一面說「餅乾，不行」一面敲打房子的水泥地，發出「啪、啪」的聲音。餅乾討厭這個聲音。

「不行」是我用來責罵餅乾的固定台詞。餅乾一旦一臉狼狽地忍住不叫，我就會誇牠：「了不起！」

我會撫摸牠，然後和牠一同嬉戲。

我們每天過著這樣的日子。

繼笹本先生之後搬進來的人並不難相處，所以我有充分的時間訓練餅乾。連我最擔心的餅乾亂叫這一點，也靠訓練解決了。

「牠長大了耶。」我這麼告訴母親。這麼說來，我覺得餅乾以前之所以那麼焦躁、愛亂叫，也是因爲牠還小的緣故。現在餅乾獨立了，當然個性也就變得沉穩。

牠一改從前齜牙咧嘴的習慣，變得溫馴和善，彷彿牠不曾亂跳亂叫一樣。

改變的不只餅乾。

冬天來了，就我來說，我確實得下廚房做事。因爲從小學三年級開始，煮飯就是我的工作。但是，後來洗米時手碰到水也漸漸不覺得難受了，而春天也又來了。我穿上新制服升上國中。

小學畢業典禮那天，我和同學第一次穿上國中的制服互相展示。當時，彼此熟悉的臉，看起來莫名的正經，像個小大人。

說起來，那種感覺就像預演一樣，四月的開學典禮才是眞正的另一個開始。我先帶餅乾去散步，回到家才換上制服。那天早上，母親替我拍了幾張照片，我還和餅乾合照。拍立得相機的前後各半卷底片分別拍下我在畢業典禮和入學典禮上的身影。我胸前代表學年顏色的蝴蝶結是水藍色的。

改變的除了要穿制服之外，上學也改成了騎腳踏車。那所國中的學生來自幾所小學的小朋友，所以住得遠的騎腳踏車上學。

我的安全帽在三月就事先買好了，我用油性簽字筆寫上名字。參加開學典禮的人，當天就可以騎腳踏車去學校。

有人是由父母陪同，而我則是和附近的一個朋友騎腳踏車去學校。

那天晴空萬里。

我們穿過大門，進入熱鬧的校園，按照指標，進入一年級的腳踏車停車場。停車場位於教室後面，我記得轉角處有盛開的沉丁花。我放慢速度，但是沒有停下來，只是慢慢地經過。即使如此，我還是清楚地聞到了令人沉醉的柔和花香。待回頭一看，矮樹旁隨處可見一簇簇白色小花。

停車場最前面停滿了腳踏車，於是我們進入下一個區塊。有個女孩站在那兒。

眞奇怪。

我心裡這麼想。規定騎腳踏車上學的人要戴安全帽，但是她的樣子不像剛脫下安全帽，一頭香菇頭看起來整整齊齊的。她的手放開腳踏車，肩膀斜一邊，正準備離開。

會不會是不同年級的呢？

但是我瞥見她的蝴蝶結是水藍色的。以前沒看過她，所以她是來自別的小學。

和我一起來的朋友按下剎車將腳踏車的車頭停了進去。香菇頭女孩的腳踏車擋住了我們。她的腳踏車停得很斜，幾乎呈四十五度。朋友下車動手移開擋住前面的障礙物。

香菇頭女孩好像將我們的一舉一動全看在眼裡，她猛地回頭。她的眉毛粗獷如少年，門牙像海狸般有點凸出。如果她沒有任何表情的話——闔上嬌媚的雙唇，會是個五官可愛的女孩。

人的表情會因情感而改變。話雖如此，我沒想到人的表情可以在如此短暫的一瞬間產生劇烈的變化。我越過朋友的肩頭看到她的側臉，覺得她還像個人，但是當她轉過身來，卻變成了截然不同的「某種生物」。

她以像是剖開魚肚——而且還不是爽快地一刀劃開，而是將插進魚裡的刀子慢慢往下拉的聲音說：「別碰我的車！」

我們嚇呆了，彷彿眼前發生了令人無法置信的事。

她歪著嘴巴，像魔鬼般朝我們走來，毫不猶豫地踹倒我朋友的腳踏車。

這就是我第一次見到兵頭三季。

*2*

我說不出半句話。

這件事一直在我心裡。如果當時我說了該說的話，事情會怎麼演變呢？恐怕只要我順口說出一句話，我們就會扭打成一團吧。不，不是打架，而是我們這一方處於挨打的局面。這無關力氣大小，即使是臉，她恐怕也能像拍肩膀般，若無其事地用腳踹過去吧。

她大概天生就知道，這種氣勢遠勝於力氣，而且更能令人害怕。

我贏不了她。

因爲腳踏車倒下的聲音使得許多人朝我們看。

「別開玩笑了。」她說道。她並非用吼的，而是以低沉的嗓音說。她並不是爲了不想被周圍的人聽到而壓低聲音——感覺像是沒必要高聲怒斥，好像錯在我們，而她只是安撫我們罷了。

接著，她走開了。

我走到正扶起腳踏車的朋友身邊，問她：「怎麼辦？」

「什麼怎麼辦？」

「要不要告訴老師……」

朋友生氣地說：「算了吧。」

「嗄？」

「我不想在開學典禮這一天就爲這種事起爭執。」

她一臉妳在緊要關頭不吭聲，事後就別出餿主意的表情。她說得也沒錯。

「……」

「哎呀，討厭死了。」

「怎麼了？」

「應該會有人把那部腳踏車挪正吧？」

她指的是斜停進去的那部腳踏車。

「……應該吧。」

「不知道她會不會以爲是我挪的。」

我們擔心地走向樓梯。

因爲不同班，所以我們在走廊上分手。我先走進教室，然後在班導的帶領下，從教室前往體育館。

此後就要在這個教室待一年，當我走向位於走廊盡頭的教室時，心裡一陣忐忑不安，直想後退。明明大家都進教室了，卻有一個人靠在走廊上的邊窗向外望，但是她看起來並不寂寞。她不是被同學排擠而待在那裡，看起來倒像是舔著嘴唇的老虎俯瞰被自己擊倒、渾身是血的獵物，心想接下來該怎麼處理。

是她。

我進入教室，發現黑板上畫著棋盤般的線條。那是座位的分配圖，格子裡寫的數字是學號。

我的座位是從窗戶這邊數來第二排、前面數來第三個的位子。座位陸續坐滿了，最後空著的是我這一排的最後一個。

老師進教室，微笑地說：「今天第一天上課，由我來喊『起立、敬禮』吧。」

坐下時，我稍微轉身一看，她不知何時坐在最後一個座位上。

進入體育館，老師開始點名。這時我才知道她叫「兵頭三季」。

國中的體育館比小學的大一倍，裡面四處拉掛深紅和白色的布條。我們在老師的帶領下，進入開學典禮會場。

已經坐定的學長學姊，鼓掌歡迎我們。因為是從後面進場，所以只看得見黑色的學生制服和深藍色的制服背影宛如漆黑的波濤，但是看不見鼓掌的手。鼓掌聲彷彿地鳴般「嘩、嘩」地湧起。女生制服的前襟就像裝飾在一排排黑熊喉嚨上的白色飾品一樣。

她和我之間隔著幾個人。班導手持麥克風點名，被點到的要答「有」並站起來。

隨著老師一一點名，我漸漸感覺胸口像是被壓住喘不過氣來。

老師很快就會點到我。當然，我也對此感到緊張，但是我卻覺得乒頭三季會有驚人之舉。

然而，不用說，她只是和大家一樣站起來而已。典禮圓滿落幕。

座位同一排的直接編爲一組，換句話說，我和她同組。

我的身高、體型幾乎和她一模一樣——這是怎麼回事？

上體育課時，她排在我的正後方，能夠清楚地看見我的髮際。於是她和我一組做暖身操。

# 第5章　白國王的佈局

## 1

電話那端傳來：「末永嗎？」

「是。」

「我是東亞電視台的甲田，編輯甲田。」

他是主編。

一般人聽到「主編」都會聯想到雜誌的主編。但是在電視圈裡，也有這個職務——負責編輯節目的人。在這個圈子裡，將採訪的錄影帶稱之爲「稿子」，這麼說的話，會有主編或許是理所當然的事。

好，面對重大事件時，如何處理第一手消息呢？有三種方法：

一、利用跑馬燈。這樣就不必節目異動。

二、在時間具彈性的節目裡插播。有空的播報員收到稿子後，一面穿上西裝外套一面前往播報台。

最後一種就是節目異動。

決定採取三種方法的哪一種，正是主編的工作。不用說，主編是「高層人士」。身爲節目製作公司導播的我，至今連他的聲音都沒聽過。

主編說：「在你遭遇重大意外時打電話來，眞是抱歉。但是站在新聞的立場，希望以看待最嚴重問題的方式處理這起事件。」

他沒多說什麼，只說希望你能體諒這一點。不過，我反倒覺得他的心態是正確的，因爲我們各自站在自己的立場。

「是。」

「你能找個地方傳眞嗎？」

梶原家的電話應該有傳眞的功能。

「沒問題。」

「如果七分鐘內可以的話，我希望你傳眞府上的格局圖過來。傳到這支電話，你記一下。」

我一邊記傳眞電話一面說：「屋裡的格局圖嗎？」

「對。」

「現場周圍的圖呢？」

「你沒時間吧，這個我們這邊可以做。……七分鐘後，我希望你打這支電話。」

「插播，是嗎？」

「沒錯。」

彼此是同業，事情好辦多了。

現在這個時間，東亞電視台正在重播連續劇。不等連續劇播完，就插入特別節目，是爲「插播」。如果拖拖拉拉的話，警方就要正式發佈消息了。所以要搶先警方一步。

主編要將我們的對話在特別節目裡播出，所以才要我打播放節目的專線。由於我先前曾要求過賺到，所以事情很可能會變成這樣。果然不出我所料，這件事成了。

我向梶原要紙，畫圖大概花了五分鐘。我之前也畫過一張圖給警方，所以這次畫的時間快了些。

我一面傳眞一面用手機打電話。等候已久的負責人接起話筒。

「請等一下。」

放進傳眞機裡的紙正慢慢地滑動，攝影棚的氣氛似乎從耳朵竄進體內。

接著：

「我們正與被歹徒闖近家裡的屋主連線。」

開始了。

觀眾或許只是將身體稍稍往前傾，但是其他電視台的人應該會嚇得向後仰。

即使東亞電視台很早就得知這個消息，從縣支局的第一支報導團隊應該也才快抵達現場而已。如果是來自東京的採訪團隊的話，就算動作再快，現在應該也還在高速公路上。

即使報導局主任下達「派出轉播車」的指令，再怎麼如電光火石般迅雷不及掩耳的速度，情況也是一樣。

所以就現階段來說，他們是不可能和相關人士談話的。

「喂，末永先生？」

「……是。」

東亞電視台開始轉播前所未有的片段。

## 2

「我因爲工作的關係，下午回到家……」

我沒有說我做什麼工作，況且也沒有說的必要。

「結果發生令人無法置信的事，嚇了我一大跳。如果我早一點回到家的話，我也會在屋裡，這樣還比較好。如果可以的話，我希望代替內人受苦。」

之後週刊雜誌上報導：「告訴電視台第一手消息的人，竟然是人質的丈夫！」他們或許把我當成冷血動物看待，但我絲毫不放在心上。

「你很擔心尊夫人吧？」

「是的，我希望警方能夠盡早將她毫髮無傷地救出來。」

若是冷靜地聽，會聽到我補了一句奇怪的話：「……只要她沒事，我願意做任何事……我做好了所有我能做的準備。」

我想要說的就是這句話。爲了說出這句話，我利用了媒體。主播並未加以反問便接受了我的說法。

「是。」

整個事件非比尋常。這種時候，無論人質的丈夫脫口說出任何不得體的話，都不會有人質疑。

接著，我說了一些友貴子的事。「她年紀雖輕，但是個性沉穩，我想她會冷靜面對。」

我眞愚蠢。

遇到這種事，有哪個女人能夠保持冷靜？我只是覺得這麼說，比較能夠讓媒體記者和大眾的興奮之情稍微降溫。

整體而言，我說的都是丈夫在這種情況下可能會說的話。這樣就好，反正電視台只是靠當事者說話賣錢。

訪問結束後，換主編來接電話，他說：「我收到傳眞了。」

「請你重畫一次再用，我畫得很潦草。」

「我知道，我不會直接使用。」

到了這個地步，消息來源不言可喻。但是我至少要表現出一點擔心的樣子。

我深呼吸，然後掛上電話。我必須做好心理準備。

幾秒之後，當然，該發生的事發生了。

## 3

我手裡還握著手機。

它就像隻任性的小貓生氣般，開始怒吼、跳動地呼叫主人。縱然我已經做好心理準備，心頭不免一怔，就像國中生在不擅長的科目課堂上被可怕的老師點名一般。

怎麼可能不打電話來，我拿起手機。

「喂。」

我對著話筒格外緩慢地應道。對方彷彿舒了一口氣，靜靜地按捺住險些脫口而出的話，然後說：「末永先生？」

對方的口氣就像從牙膏的軟管擠出半乾的水泥般。

我腦子裡浮現身材魁梧的伊達警官的厚唇。

「我就是。」

「電視播放時，你的手機打不通。電視一結束，你的手機就通了……這麼說來，和電視連線的眞的是你，對吧？」

伊達的口氣聽起來淨是諷刺。

「對。」

「我沒有閒工夫聽你說明事情爲什麼會變成這樣，因爲情勢緊迫。……但是，坦白說我不知道你在想什麼。」

當然，他的意思是你在搞什麼鬼？你這個混帳東西！這是毋庸置疑的。我原本以爲他會罵得更難聽。看來伊達似乎是個相當冷靜的人。然而，即使是這麼冷靜的人，若是知道我的「眞正想法」，肯定也會驚訝得說不出話來。

總之，我現在只能反覆含糊地回答：「……是。」

「現在石割佔據的府上，當然也有電視吧？」

「有。」

「那傢伙也很在意目前的狀況，極有可能在監看各個頻道。我無法預測他看到電視會有什麼反應，你這麼做說不定會刺激他……再說，相關人士要是說了什麼，即使說的人本身沒有意識到，但也經常會提供歹徒額外的訊息。就結果來說……」

伊達說得沒錯。

「……說不定會造成無法挽回的後果。你聽好了，接下來如果沒有我的指示，請你別和媒體扯上任何關係。」

伊達說得咬牙切齒的。我留心讓自己的聲音聽起來是個無知而犯錯的好人，我說：「眞的很抱歉，我會按照你的指示。」

仔細一想，我表面上只是說了無關緊要的事，但若歸納起來，則是「這件事讓我驚慌失措、我很擔心內人」。當然，我是因爲擔心才那麼做的，所以無可厚非。但是現在不能把警方惹毛了，所以暫且採取低姿態。

我拿著手機，深深一鞠躬。

梶原夫婦很快就做好了外出的準備。小女孩探出頭來，露出狐疑的表情，馬上又躲了進去。她似乎正在換衣服。

「總之……我不知道會發生什麼事，請你盡快回來。」

伊達的口氣就像水泥不斷從軟管被擠出來一樣，他大概是想盡早將這個輕舉妄動的人質的丈夫就近看管。

「是，我正準備回去。我馬上回去。」

我就像外送遲到的蕎麥麵店員一樣。

我掛上電話時，梶原他們出來了。小女孩身穿胸前有一隻灰熊圖案的毛衣。或許是感覺到不尋常的氣氛，她低著頭，眼珠子往上看。與其說她是低頭行禮，倒不如說是脖子往前伸要來得貼切。

梶原眨了眨討人喜歡的眼睛說：「那我們走了。……呃……該怎麼說才好呢，叫你加油感覺也很奇怪。」

「謝謝。」

梶原從口袋拿出鑰匙，「這是大門鑰匙，走的時候大門幫我帶上。」

「抱歉，這麼說是多餘的，但是我不會碰任何東西……」

我話說到一半，全身倏地變得冰冷。到了緊要關頭，我才意識到自己竟然忘了到這裡的最大目的——我忘了借一樣最重要的東西。我為自己的粗心捏了一把冷汗。

如果忘了借那個東西，不知會有多少錯失。明明不能有絲毫疏漏，我卻如此粗心大意。如果要借的話，我就應該拒絕梶原的鑰匙。而且這也是禮貌。重點是，如果等他們出門，我才慌張地翻箱倒櫃，會浪費很多時間，而且要是沒找到的話，我的計畫便無法進行。

我一開口說要借「那個」，梶原便一臉訝異。

「爲什麼？」

「我沒辦法解釋。」

這種情況下，如果沒有梶原家的「那個」，可就傷腦筋了，我也是爲了那個才來的。梶原的臉上轉而露出將各種疑惑深藏心中的表情，他想必也有不少壓力吧。

「我知道了，你拿去用吧。」

## 4

雖然過意不去，但無論是時間上還是精神上都不容我送他們去車站。我一道歉，梶原就揮手說：「走路也沒什麼。出遠門時，我們都是走路去搭車。」

平常健談的大嫂圓圓的臉上也皺起眉頭，顯得特別安靜。

「再見……」

她只說這麼一句。

站在別人家送他們一家人出門，有一種很奇怪的感受。天色逐漸轉暗，就像塗上一層層的薄墨。

我一屁股坐在玄關，低頭盯著地板數十秒。我很想說「我已經想清楚了」，但實際上，我的心情卻像看著塗了好幾種顏色不斷旋轉的夢幻圓盤。等到心情稍微平靜下來，身體似乎已經動彈不得了。我心想，如果這是我家，並且回復到一天前的一般生活該有多好。但是，當我抬起頭來，這裡肯定還是梶原的家。

已經發生的事，不容我自欺欺人。

我一鼓作氣地站起來。

如果接下來要下的是西洋棋，就得先佈局。

東西已經借到了，換句話說，陣型已經擺好了，但是準備工作還沒有結束。

在那之前，必須配置最重要的關鍵棋子。如果沒做好的話，這場比賽從一開始就只能舉手投降。

# 第6章　白皇后的中指與唇瓣

## 1

遇見的人不同，結局也就跟著不同。

假使我的人生是一條單行道，那麼剛上國中時，從叉出的陰暗小巷探出頭來的那個女孩——就是兵頭三季。

於是結局變得不同了，驀地，世界變了色。我不斷地想——假如我住在別的城鎮，假如我們不同年級的話……。

我漸漸想忘了她。或許就是因爲這樣，國中時代的記憶就像被挖空的報紙，腦子裡無法浮現具體的記憶。照理說上課的情形和畢業旅行應該會按照時間依序排列，但是我卻想不起那兩、三年的歲月。

人爲了活下去，內心會採取多種防禦本能，忘記應該也是其中之一。

既然如此，乾脆只忘掉她的部分就好了，但是事情卻正好相反——留下的記憶幾乎都和兵頭三季有關。這些記憶有時會像一條怪魚，忽然從遠方翻騰的鉛灰色波濤中探出頭來。

第一節體育課就下雨。我們像一支送葬的隊伍，陰沉地走在有屋簷的水泥走廊上前往體育館。事實上，大家應該七嘴八舌，嘻嘻哈哈的，但是在我的記憶裡，大家不發一語。雨像是要將這世上的一切從天際摜到地面似地下著。體育館的大屋簷的檐槽有一處壞了，雨水從高處如一道小瀑布般流瀉，在鋪了碎石的地面上噼啪作響地四下潑濺，相當刺耳。

體育館裡，冷冽的空氣如水般嘩啦嘩啦地湧入。水量逐漸增加，彷彿要淹沒了似的。當全班排成體操隊形，她就在我的正後方。

有一雙眼睛從後面死盯著我的脖子。彷彿有尖銳的東西抵在我脖子上一樣，那是我有生以來第一次感到恐懼。

接下來我記得的是做暖身操的柔軟運動時我將手放在她背上。當我推著她藍色運動夾克的背部時，感覺她的身體似乎比一般人僵硬。我因爲有所顧慮，所以只是輕輕地推。

之後輪到乒頭三季推我。

我一坐在地板上，雙腿便呈八字形張開，她的手掌輕輕地放在我背上。但那份輕柔只是一秒鐘的事，我的背部旋即感受到一股強大的力道。

就像水銀灌入貓咪玩偶般，出乎意料的重量慢慢地、毫不客氣地壓上來。我撐開的手指從運動夾克滑了出去，觸碰到冰冷堅硬的地板。

她順勢迅速地湊近我的領邊，輕聲地從我後頸問：「痛嗎？」

她的口氣沒有攻擊與調侃的意味。

但是，當她的呢喃在我耳畔響起的那一瞬間，我感覺自己變成了一顆蘋果，至今沒人碰過的純潔果核被人用爪子抓了一把。

蘋果的果核有光滑的紅色果皮和鬆脆的果肉保護，除非削掉果皮、吃掉果肉，否則不會露出來。

到昨天爲止還是小學小女生的感受，如果要用像「正常的人際關係」等字眼來形容的話，應該不適當吧。但是，現在我倒是能以言語表達出當時只有「感覺」的部分。

在這之前，在我身邊的的確都是「正常的人際關係」。朋友之間的交往，像是互相撫摸蘋果的皮。即使吵架也是點到爲止，頂多就是在表皮刮出淺淺的傷痕罷了。但是這種傷痕很快就能復原。

這是朋友交往上的禮儀，也是常識。平靜的日常生活就是這麼維持下來的。但是，什麼能保證這類的常識是「常識」呢？

對彼此內心的信賴嗎？

但是，縱看古今歷史，橫觀全世界，有數不清的蘋果掉在地上慘遭踐踏，果肉如四處亂飛的雪球般炸開，連孕育下一代的種子也被挖出來踩得稀爛。這種劇情天天上演，人就是會不斷做出這種喪盡天良的事。

如果是這樣的話，那我所過的生活以及人就是那樣的，這麼認定難道是妄想嗎？吊床在一般人的印象中是柔軟舒適的，但其實只要一翻身，就會摔落地上。將吊床綁在樹幹上，是世人用來安穩度過身旁危險生活的智慧嗎？

當她的手碰到我背部的那一瞬間，我就有這種懸在半空中的感覺。這是千眞萬確的，我不知道爲什麼會這樣。我確實因爲腳踏車停車場的那個經驗，對兵頭三季心生恐懼。大概是因爲這個緣故吧，我總覺得她的手從受到父母和世人庇護的孩子不會看見的沉重黑色布幕後面伸了過來。

「痛嗎？」

爲何我的心裡會因爲這句再普通不過的話產生那種感覺呢？眞是令人想不透。

## 2

她在班上的表現並沒有特異之處。兵頭三季只和某幾個人交談，感覺像是和一般女生活在不同的世界。

她和我們之間好像隔著一道透明的牆。如果多數人與她之間形成一道牆，往往是排斥她的緣故，但她卻是自行築起那道牆。不過，位在牆彼端的並非與地面等高的平面，而是高上許多的堡壘。

於是我們就像對住在堡壘的領主眼神戰戰兢兢的老百姓。她也知道這一點，感覺她像是領受我們的「恐懼」作爲年貢，交換的條件是不踏出堡壘一步。

從一開始，就能從和兵頭三季同一所小學的同學間感受到他們對她的敬畏。那些學生不願多說什麼，但是從言行之間會稍微透露出「別和她作對比較好」或「會被她帶去田裡」這樣簡短的暗示。這些含糊的謠言本身就像一種不負責任的遊戲。

我唸的小學也有菜園，「田」指的應該就是這種地方。學校的籠子裡飼養兔子，教室裡也有水槽，由值日生負責餵食。我們班的水槽裡養的是長鬍鬚的泥鰍，我也餵過牠。水槽旁放著裝在小塑膠袋裡的粉末飼料，餵食時只要抓一把飼料撒到水槽裡就行了。飼料像細雪般飄落水中，潛伏在水槽底部一動也不動的泥鰍突然變得朝氣十足。若是將手指對著被喚起食欲而浮上來的泥鰍伸進水中，泥鰍會跑過來吸吮手指，那模樣很可愛。另外，學校裡也有為了讓學生觀察植物的菜園。

暑假時，每個人負責照顧一盆牽牛花。除了個人負責的盆栽之外，庭院的角落還有依學年區分用來種番茄等蔬菜植物的區域。

我不清楚那群孩子口中的「那個」是被安置在哪。或許和我們一樣，是位在遠離教室的圍牆邊。假使是這樣的話，會傳出那裡是打架和霸凌所在的這種說法，也沒什麼好大驚小怪的。

或許連散播謠言的人本身也不曉得發生過什麼事。實際上，說不定什麼也沒發生，只是大家以訛傳訛罷了。

然而，在這種情況下，不那麼具體的事反而加速了神祕氣氛的蔓延。若是「傳說」，就可以毫不忌諱，輕易地說出口。恐怕全班的女生都背著兵頭三季說過或聽過有關她的事吧。

「妳聽我說……」

「我跟妳說……」

我經常站在聽眾的立場，聽到這種謠言。但是，我的生活和她就像兩條平行線般毫無交集。

但是到了夏天，當天空的顏色轉藍時，發生了一件事，以完全出乎意料的形式，令我意識到兵頭三季的存在。

大概是因爲流汗想洗把臉吧，原因我不太記得了。我站在樓梯旁的洗臉台。當我將手伸向水龍頭時，有兩個學姊從走廊走來。

我並不認識她們，但是我知道她們是經常和兵頭三季在一起的學姊。其中一個個頭高得嚇人，她要是打籃球或排球一定很吃香。然而，既然在放學後的社團時間看到她們閒晃，看來她們並沒有加入體育社團。她短裙底下的雙腿異常修長，在遠方也非常醒目，所以令我印象深刻。

從面向洗臉台的我的左手邊轉角……我想起來了，那個轉角就是家政科教室。她們兩人從那個轉角走來，我從餘光看到她們的身影。

我的動作變得僵硬，但是沒有露出緊張的樣子。我弓著背將注意力集中在水龍頭，接下來或許是爲了掩飾緊張的神情，就像我剛才說的，或許我從一開始就打算這麼做，總之，我準備洗臉。

我從口袋掏出手帕，夾在腋下以免弄髒，然後捲起制服襯衫的袖子。

這時，我的餘光看到那名高個子的學姊似乎在笑。當然，我並不想轉過頭去確認。但光是這樣，我就莫名地提心吊膽起來，像是毛茸茸的古怪動物從赤裸的腹部滑過去般。正因如此，我更不能停止動作，於是我轉開水龍頭。

水嘩啦嘩啦地流下來。

我洗完手，接著以手掬水，透明的水躍入我的手中。

學姊們來到我身旁，或許她們也是想使用洗臉台才更加靠近我——她們左右包夾我。

我動作自然地掬水洗臉。在我閉上雙眼的那一瞬間，我看見了左邊高個子學姊的長臉。她下唇豐厚的嘴巴確實在笑。

下一秒鐘，我將水潑向臉，視野頓時被遮住了，我就像掉進水裡般，嚇了一跳。這明明是一般的洗臉台，我心中卻湧起一股要被她們架著拖進游泳池底的恐懼。

我趕緊放開手，顧不得用手帕擦臉便睜開眼睛。但是，她們已經若無其事地準備離去了。她剛才將臉湊過來，難道是我的錯覺。

但是學姊在我耳畔的輕聲低語如蜜蜂振翅般留在我的腦子裡，所以那不是錯覺。那是一個莫名其妙的字眼。

高個子學姊說：「米妮……」

我是在回家帶餅乾去散步時才想到這個字的意思。

我拉著拉繩走在固定的散步路上，餅乾搖著尾巴走在前面。我家附近有一片寬闊的海岸，海岸邊有一條國道。牽著狗穿越車水馬龍的馬路很辛苦，而且也不能給別人添麻煩，所以我朝反方向走。

走了一小段路，馬上就是一條兩側都是農地的單行道。路口有兩根約一人合抱大小的水泥柱如門柱般矗立，這裡禁止大型車進入。明明傍晚了，我卻覺得四周異常明亮。

水泥柱高及我的手肘，上面被人用噴漆還是油漆惡作劇地塗鴉。而兩根水泥柱頂端內側部分的漆都掉了，就像被剝掉一些皮的橘子。不知是原本就如此，還是並非自然剝落而是被人弄掉的。我想應該是汽車擦撞時刮掉的吧。

當我走到這裡時，沒有特別的原因，我突然明白學姊口中為什麼會冒出「米妮」這兩個字。

在這之前，我只覺得那是一種奇怪的取笑方式，頂多就是笑我孩子氣，沒別的意思。如果有的話，我應該早就想到了吧。其實學姊這麼叫我理由很簡單，說到「米妮」，那麼她不就是「米奇」（譯註）了嗎？

## 3

那兩位學姊和兵頭三季是一夥的。

這麼說或許會覺得我很自戀，我記得兵頭三季曾說過我「很可愛」。或許是我和她同組的緣故，所以她會注意到我也不足為奇。

不過，我並沒有因此想成那是女孩子喜歡女孩子。因為無論對方是男是女，我都覺得「喜歡」這種黏膩的感情完全不適合她。

語言是一種更爲表面，感覺沒有內涵，能夠爽快地脫口而出的東西。

當我佇足在兩根水泥柱間，感受到餅乾扯動拉繩的力道。

「啊……抱歉。」

我反射性地道歉，再度邁開腳步。

我想，從那個時候開始，我對兵頭三季的看法有了微妙的變化。這或許是男人無法體會的一種情感。

當然，叫我「米妮」聽起來有九成是很嚇人的，讓我毛骨悚然。但是，奇怪的還不只這樣。

即使她說我「可愛」，無論理由爲何，我都不會覺得不舒服——另外的一成就是這個部分。我總覺得兵頭三季這面無處著力、長滿了刺的牆上似乎有一個容得下指尖的地方。

我後來回想，這種想法只是自己得意忘形，一個誤會罷了。

鉛筆盒事件發生在暑假結束剛開學時。我之所以變成那樣，起因也是「米妮」這兩個字。

抱歉，話題跳得太遠了，令人聽得一頭霧水。

鉛筆盒就是放文具用品的容器，上課時就放在桌上，如果掉在地上，當然會發出「喀嚓」聲。

**譯註**：三季的日文發音為miki，和micky相近。

國中生活與國小時代有許多不同之處，從學生的角度來看，最大的不同就是每節課會有不同的老師上課。這麼一來，就會有受歡迎和不受歡迎的老師。

暑假結束後，在某位老師的課堂上，班上同學特別心浮氣躁。大家公然聊天，做和那節課無關的事。後知後覺的我過了一陣子才漸漸了解，這是兵頭三季指使的。

他是一名年輕男老師，雙腿修長，五官端正。乍看之下，應該是女學生會喜歡的那一型。

據說他極具教學熱忱，大學剛畢業，正義感十足，爲了學生赴湯蹈火在所不辭。但是這一點似乎惹惱了兵頭三季。

導火線就發生在某位老師請假，那節課改爲自習時。但是那位年輕的男老師印了講義打算上數學課，同學齊聲抗議，於是那位男老師說：「我們商量一下吧。」

結果變成老師唱獨角戲。他一副自己忙得很，是爲了你們著想才來上課的模樣。這又完全和班上同學的想法相左。

我當時並沒有替老師說話，所以沒資格大放厥辭。但是，事情一旦演變成那樣，班上就會形成一股強大的勢力，一個人的力量根本無法抗衡。

後來，幾名女學生陸續在上課時去廁所，我清楚地發現老師的臉色漸漸沉了下來。下一次上課，又有女生說要去保健室。身爲男老師，對於女生要去廁所或保健室很難說什麼，但是他知道自己被耍了。

當我聽說這些是兵頭三季指使的時，腦中浮現了坐在最後的座位面無表情地盯著老師做何反應的她的臉。

到了初秋，她指使同學推落鉛筆盒。

兵頭三季並沒有直接指使每個人。但是就像連鎖反應一樣，這個指使來自後方的一個點。

只要是那位老師的課，後面就會有鉛筆盒掉落。她指使大家從後往前陸續推落鉛筆盒。這也只有女生才會這麼做。

我心想，會有多少人聽話照做呢？我試探性地問我的朋友，她說她會推落鉛筆盒。她一開始說得囁囁懦懦的，接著氣憤地補了一句：「因為，我不爽那傢伙！」

「那傢伙」指的是老師。她好像不是被強迫而已，同時也出於自願，因而認同了三季的指使。兵頭三季認為大家都是這麼想的才下達指示。就某個層面來說，她自認為是大家的代表。

其實我到最後一刻還在猶豫。我想，如果當時不是在那個班上的話，我應該不會感受到兵頭三季像霧般罩頂的壓迫感。

於是，輪到上那位老師的課了。

一開始和平常一樣，教室就像個菜市場，因為大家的說話聲而嗡嗡作響。包括我在內，只有幾個人面向黑板想要聽課。即使老師拍打講桌、大聲怒吼，也絲毫不見改善。

老師放棄說明公式，一臉嚴肅地試圖修復交惡的關係。

當他話說到一半，後方發出「喀嚓」一聲。然後像海浪捲上岸般，從後面接二連三傳來鉛筆盒掉落的聲音。其中也有塑膠鉛筆盒，所以也有「吧嗒」聲。另外，還有金屬鉛筆盒發出更尖銳的聲音。

這對老師而言，或許是一種侮辱，但對我來說卻是恐怖。接連而來的聲音就像一隻要掏出心臟的手般毫不留情地逼近。

是什麼讓我在最後關頭沒有將手伸向鉛筆盒呢？

因爲老師正認眞地說話，因爲不可以踐踏那份認眞，這只是表面上的理由。但是，光是這些冠冕堂皇的說法，應該敵不過我內心的恐懼吧。坦白說，是因爲我認爲兵頭三季可能對我有好感而自恃而驕。我覺得她應該會原諒我。

席捲而來的聲音從身體僵硬的我身邊而過。

任誰都會明白，這是拒絕與老師對話。

「你們……」

老師語帶哽咽。一名看好戲的男同學推落自己的鉛筆盒說：「哎呀呀，掉下去了。」

原本一直壓抑的老師到底還是忍不住勃然大怒，破口大罵：「別開玩笑了！」

男同學也發起牛脾氣，粗魯地站起來。

「開玩笑的人是你吧？我只是碰——巧掉了鉛筆盒。你抱怨個什麼勁兒啊！混帳東西！」

男同學故意把「碰巧」那兩個字音拉長。當老師鐵青著臉，後方傳來女同學低沉的聲音說：

「別幹了吧。」

當下我以爲是「別吵了」。但是，那個聲音幾乎沒有高低起伏，像是再次提醒似地說：「老師，別幹了吧。」

我從說這句話的口氣，明白她說的是「辭去教職」的意思。

說這話的正是兵頭三季。

4

老師將手撐在講桌上，只抬起頭，之後便一動也不動。幾個男生起鬨拍手。

兵頭三季一改先前的態度，以同情、客氣的口氣說：「要是被全班同學討厭，課也是白上吧？」

老師的眼神看似發狂了，然後像隻被貓追趕的老鼠般，慌張地左右掃視。

——原來她想要氣瘋老師。

當我這麼想時，老師的眼神像是抓住了什麼似地突然停在我的桌上。

我打了個寒顫。這種表現或許很膽小。

老師的身體不再那麼僵硬，他開口說：「全班同學嗎？」

原本鬧哄哄的教室突然變得鴉雀無聲。不，或許只有我這麼覺得。

——別再說了！

我在心中喊道。老師挺起胸膛地說：「也有人沒推落鉛筆盒。」

他的聲音就像從一口深井井底發出般，在我耳畔嗡嗡響。

事情還不只這樣。老師停頓了一下，之後竟然對我露齒微微一笑。

——爲什麼？爲什麼要這樣？

我氣得想跺腳。

恢復冷靜的老師莫名地點點頭，然後抱起自己的教科書和筆記本，以上位者的口吻緩緩地說：「好了，你們也先冷靜一下。」

他說完便離開教室，接下來的時間成了自習。

直到放學之前，兵頭三季並沒有找我說話。但是我心裡一直忐忑不安，肚子也悶悶的。

到了打掃時間，我換上運動服，打掃教室。在快打掃完時，走廊邊的窗戶唰地打開，那兩個學姊探出頭來，像是在看籠子裡的動物一樣。

我正好在離窗戶不到一公尺的地方掃地。我感覺到窗戶那邊有動靜，轉頭一看，那個高個子學姊低頭盯著我直瞧，然後輕輕舉起右手，揮手要我過去。

我像個傀儡，動作僵硬地走向她。學姊微厚凸出的下唇微妙地動了一下。

「妳能不能來一下？」

我沉默不語，另一個臉頰紅潤的學姊便說：「我想妳最好現在馬上來。」

我連反抗的力氣也沒有，逃得了一時，逃不了一世。要是不去的話，情況會變得更嚴重。

我點了點頭。然後，不知不覺間——我眞的有那種感覺——我被兩人架著爬上樓梯。

我們走到四樓的視聽教室旁的廁所。除非有特別的集會，否則放學後這裡幾乎不會有人來。廁所好像也已經打掃完了。

兵頭三季在門口等著。她晃動香菇頭，瞥了我一眼，然後推開門走進去，接著換臉頰紅潤的學姊站在門口。

高個子學姊跟著我一起走進廁所，磁磚地板濕漉漉的。我穿著膠底室內鞋踩在地板上。兵頭三季走到白色廁所的裡頭。

我原本以爲她會責問：「妳爲什麼沒有推落鉛筆盒？」但是她一句話也沒說，只是低頭咬著牙根。因人所見不同，在我看來她像在忍耐什麼，甚至像禁欲。

高個子學姊將我帶到三季身旁，然後撐開我的雙臂，像魚乾般攤平，用力壓在窗沿上。牆壁一半是塗了油漆的木板，一半是磁磚，不管是木板還是磁磚都冷冰冰的。情緒激動的學姊從身後壓住我，讓我動彈不得。學姊的下巴靠在我頭上，我感覺到她從鼻孔呼出的氣息噴在我的頭上。

學姊就這樣用右手舉起我的右手，然後用力扳開我的中指，往旁邊使勁拉去。

我不知道她要對我做什麼。

我的指腹抵著牆角，旁邊是一扇門。門以上下兩個大鉸鏈固定，朝內開。學姊將我的指尖固定在門縫裡，故意大聲地說：「米妮很害怕吧？」

我感覺兵頭三季將手伸進廁所握住門把。

——我的手指會被夾斷！

「住手！」

我這話是含在嘴裡並沒有說出來。學姊彷彿早已預料到我會大叫，於是用左手摀住我的嘴巴。一隻大手覆蓋在我的臉上，我就像被一塊濕抹布蓋住般。她連我的鼻子也摀住了，令我無法呼吸。

靠在我頭上的堅硬下顎，以及摀住我嘴巴的手，牢牢地按住我的頭。當我心想只能蹲下來脫困時，學姊的膝蓋使勁擠進我穿著運動褲的雙腿間，讓我無法蹲下來。她熟練的動作，令我感到絕望。

學姊控制住我之後，像是對抱在懷裡的玩偶呢喃地說：「別亂動，如果妳的手亂動，不小心夾到不該夾的地方……到時連骨頭都會碎掉喲！」

接著，她像愛撫般，下巴用力地摩擦我的頭頂玩弄我。

我只能看到眼前的白色牆壁。冰冷的手指抓著我看不到的中指，兵頭三季好像是用左手確定了位置。

我曾在電視上看過敲打熱鐵鑄型的畫面：將燒得紅通通的鐵放在台上，然後揮動鐵鎚敲擊。此刻彷彿是那個畫面——在揮下鐵鎚之前，冰冷的手先確認好鐵的位置。

這只是短短的幾秒鐘而已。接著，刮起一陣風，我被壓住的指尖感覺到空氣的流動。廁所的門毫不猶豫地被關上，門像一把大扇子，刮起了一陣風。

門成了以鉸鏈爲支點的大槓桿，平常不曾留意的門角朝我的手指襲來。

——手指會被夾碎！

我全身籠罩著這種恐懼。

腦中發出門關上的巨響。難道卡了一根指頭在門縫裡，門還關得上嗎？門如果關上的話，我的手指會被夾碎吧。

說時遲那時快，門彈了開來。隔了半晌，我才感覺到痛得讓身體跳起來的劇痛。

學姊對兵頭三季說了什麼，然後鬆手。我的身體隨即貼著牆滑了下來。

我記得學姊的大手從上面來回撫摸我的頭好幾下。

「……好可憐啊，意外呀。妳要小心一點。」

兵頭三季說了什麼，意思應該是「我自己來」。奇怪的是，我汗涔涔地流，一面呻吟一面心想：「我應該哭還是做什麼呢？」我流不出眼淚。但是，如果想哭的話，我應該也能號啕大哭。我覺得哭出來應該會好過些。

學姊一出去，我就沒空想這些事了。兵頭三季在我面前蹲下來，拉起我的手，仔細端詳我的指尖，簡直就像觀察稀有昆蟲一樣。

兵頭三季看著看著，腦子裡就像傍晚前的雲朵浮現了各種想法。我好像看到了從她的外表所看不出的邪念。

遠方傳來學校的廣播。但是，我覺得自己不在學校裡，也不在這個世上，而是到了另一個世界。

這時她冷不防地抓住我指甲已掀起的指尖。

我屏住氣息，咬緊牙根，只能勉強不讓穿著運動褲的腰部碰到濕淋淋的磁磚。

兵頭三季雙眼圓睜，像是回過神來地問：「痛嗎？」

## 5

我沒有回答，只是彎腰低著頭。兵頭三季一靠近我，馬上將手放在我的臉上扳起我的頭。

於是我從正面看著她的臉。她的手指緊緊掐住我的臉頰，令我感到疼痛。她那像貓的雙眼，充滿了憤怒。我整個人嚇壞了，這好像又惹惱了她。她殺氣騰騰地說：「我想殺了妳。」

當然，她應該是在恐嚇我，但話說回來，她也未免說得太偏激了。我不住地顫抖，好不容易從喉嚨擠出一句：「……爲什麼？」

話一說完，她的臉幾乎貼在我的臉上。

兵頭三季目露兇光地吊起眼梢，嘴巴撞上我半張著的嘴。那就像吃飯時頭被人推了一把，牙齒碰到碗的感覺。堅硬的東西碰撞一起，發出咯嗒咯嗒這種令人不舒服的聲音。

這麼一撞，說不定嘴唇都撞破了。但是她還用牙齒咬住我的上唇。

她快速移開的嘴是紅色的。

這當然不是情侶間的接吻。「恨不得吃掉你」也是一種愛的表現，但是，我想兵頭三季當時對我並無愛意，而是眞的單純只是「想吃掉我」。

在她心裡我似乎確實是個令人在意的人。但是，「米妮」對兵頭三季而言，卻不是個待在身邊會令她愉快的人。

正因爲如此，她肯定是在某個機緣下提起我，在眾人口耳相傳下，而有了那個諷刺的綽號。

就像有非愛不可的人，相對的，也有非恨不可的人——就是這麼回事，不是嗎？

兵頭三季好像也無法處理這份感情。

我只能這麼認爲，她就像用蠻力將那份焦躁不安塞進箱子裡一樣。

她照著鏡子檢查是否已經擦乾淨，然後抓住我的運動服胸口讓我站起來，接著她對準我的嘴巴揮了一拳。

她舔了舔嘴唇，然後右手握拳擦拭嘴巴。

「我不想看到妳的臉，知道嗎？」

她大概想說，我嘴唇上的傷是她用手打成的吧。賞了我一拳之後，她就出去了。

我背倚著牆看著自己的指甲，就像從正中央切開貝殼般，裂成兩半，裂開的上半部扭曲成奇怪的形狀。血沒想像中流得那麼多，指甲包覆下的肉，顏色看起來像生鮭魚。

我一看到肉，像是被千百隻蟲囓咬的疼痛感變得更加劇烈。

——抱歉，說了這樣令人噁心的話。讓我休息一下。

對不起。

當然，疼痛令人難以忍受，但是更令人難過的是——難道我的指甲一輩子都得是這副德性嗎？

嘴唇的傷並不嚴重。雖然明顯，但似乎只要止血了，也就沒什麼大礙。只要說是「被籃球打到」，應該就能搪塞過去。

但手指的傷還是令人放心不下，於是我去了保健室。

「妳怎麼了？」

保健室阿姨當然會這麼問我。

「我被廁所的門夾到了。因為比我先進去的女生，『砰』地關上門。」

我露出「做了蠢事」的醜腆表情。保健室阿姨皺起眉頭，似乎她比我還痛。

「……我跌倒，結果嘴唇也撞破了。」

我不曉得保健室阿姨相信幾分，但是她沒有進一步追問。

果然如學姊所說的，這件事以意外的形式落幕了。

保健室阿姨替我塗藥、包紮。光是這樣，我就覺得舒服多了。

回到家，我沒有讓母親看傷口，表現得一派輕鬆。母親也不覺得我受了什麼重傷。

那件事之後，兵頭三季有半年對我視若無睹。到了二、三年級，我們被分到不同班級，所以沒再發生類似的事。

你問我的指甲有沒有復原？

現在好了。喏，就是這一指。完全看不出受過傷吧？或許是因爲年輕的緣故，傷也好得快。指甲長出來後，根本看不出曾受過傷。

……彷彿什麼事也沒發生過。

對了，後來我一直沒再遇到兵頭三季，所以，可以說「一切都是一場噁心的夢」。

但是事情並非如此。我也知道兵頭三季對我視若無睹的原因，她應該是對自己的所作所爲感到害怕。

她的內心有一種「希望自己發瘋」的渴望。猶如畫家發現適合自己、命中注定的素材，就會心生執著，貫徹始終不斷地畫。

對她而言，我就是最佳的素材。

我事後回想，第一次在腳踏車停車場遇見她時，她之所以忽然變臉，就是因爲看到了我。她是否感覺到了超越理性的激情呢——想將這傢伙整得七葷八素。

我本身也像弱小的動物恐懼大野獸般，感覺到了她身上散發出來的那種情緒。

在國中的這三年裡，我一直意識到她的目光。我之所以對畢業感到高興，是因爲這麼一來就能擺脫兵頭三季了。

但是……隔了一段時間，我與她再度相逢。於是……。

我開始希望能夠……。

一死百了。

如果我死了的話，我周遭的一切——與我有關的一切——都會消失。當飄在空中的雪花融化後，什麼都不會留下，唯有純淨的虛無——只剩空無一物的空間。

# 第7章　白國王進入攻擊狀態

## 1

我思考因應之道。

該以何種順序處理事情？若是走錯一步，一切將如海市蜃樓般霧影朦朧地逐漸消失。

當一切準備就緒時，我想起一件該做的事；有一通電話非打不可——這通電話不能被監聽。最好小心行事，於是我用梶原家的電話。

一切如計畫進行。

放下灰色話筒時，我總覺得剛才握著話筒恍如作夢。即使我身在梶原家也沒有什麼眞實感，感覺自己像是變成小孩子，誤闖了陌生的建築物。

「……如果是小孩，就可以放聲哭，哭累了，回家睡一覺就好了。當一覺睡醒……又是全新的早晨。」

如果是這樣的話，那該有多好。平凡無奇的事一如往常地重現，就像轉到早上重播連續劇的頻道一樣。

當我這麼想時，眼前浮現了友貴子的臉。

……會不會適得其反呢？

遇到麻煩事，若是手忙腳亂，反而會變得更糟。

現在的我正是這樣。爲了友貴子好，是不是該順應情勢呢？

然而，我無法靜觀事情的演變，卻什麼都不做。

當我準備妥當，離開梶原家時，已經快六點了。

一般來說，警方應該會在傍晚或晚上召開記者會。爲了媒體，所以召開記者會的時間通常很固定。主要是基於上報的緣故，因此晚上召開記者會是爲了趕上早報，而下一次記者會則是在隔天下午，這是爲了登上晚報。記者會會由某位制服警官代表發言。

我不清楚第一次記者會是否已經結束了。說不定會等採訪記者到齊，晚一點才開始。

總之，從記者會應該得不到新的消息，所以我決定不予理會。

隨著逐漸接近現場，我的胃開始絞痛。

汽車和人群像是被磁鐵吸引般，聚集到平常少有人出沒的鄉下馬路上，其中毫不客氣往前擠的是記者的座車。

我曾聽賺到說，記者手上持有許可證，能夠停在禁止停車的地方。當採訪記者行駛高速公路遇上塞車時，似乎經常打著社會責任這道免死金牌開上路肩。

警察站在轉角的器材堆放處管制，不准看熱鬧人士的車從那裡進入。湊熱鬧的人蜂擁而至，紛紛遵照指示迴轉。

汽車掉轉方向，強烈的車燈照在一堆鐵管上。不過，在車燈的照射下，才曉得那是鐵管，似乎是施工現場的組合零件。鐵管上到處都是組合的金屬零件，看起來就像瘤一樣。

「我是末永。」輪到我接受檢查，我大聲喊道。

我像是無票搭乘電車，此時來到了剪票口一樣。其實我的車子動了手腳，如果被問到可就傷腦筋了。

「什麼?」

警察詫異地皺起眉頭。我從打開的車窗亮出駕照。

「末永——我就是家裡遭歹徒闖入的屋主，你們上級要我馬上過來。」

不知警察是已有耳聞，還是他接受我的說法，很快地放我通行。車流從前方稍稍動了起來。

又通過一個崗哨，轉進通往我家的路。靠產業道路那一側停了幾部車，形成一道車牆。車行片刻，我看到了像是厚片豆腐加裝車輪的轉播車。因爲車身是白的，所以很顯眼。豆腐上放的不是蔥花或鰹魚片，而是擠滿了令人眼花瞭亂的天線和燈。

那是東亞電視台的轉播車。

豆腐的側面是熟悉的標誌伴隨著電視台名稱。吉祥物兔子「小東亞」打著蝴蝶結領帶躍上半空，臉上是自然的笑容。就算發生第三次世界大戰，也一樣是這個表情。

車上並排著好幾台監視器，形成一扇扇光之窗。這輛轉播車上搭載最新機器，光是觸手可及恐怕就有百萬個開關。這是一座專爲技術人員設計的移動城堡。

轉播車捷足先登，佔據了我所指示的位置。停在那一帶的幾部車都是我們公司的車輛。一如我所拜託賺到的那樣，堵住岔路口的是小轎車，這樣比較容易移動。那部車停在白色大型車旁，在昏暗的天色下看起來像是匍匐在地。那部車應該是深藍色或墨綠色，但是因爲天色的關係看不清原來的顏色。

暮色完全籠罩了四周寬闊的田地，宛如一片黑色的大海。岔路入口就算是白天被堵住也很難發現，更何況是現在，警方根本無法想像歹徒會試圖從那裡逃往橫向的馬路。

小轎車前面站著一個熟悉的高大身影——是賺到。

他身穿雙排釦西裝，看起來不僅高大，更顯得壯碩。而黑框眼鏡的這個特色，令他看起來有點像惡魔。

不知是因爲天冷還是坐立難安，他不斷地原地跳動。

我倏地打開車內燈當作暗號。賺到知道是我，經過我面前時，將臉湊近駕駛座。

我踩剎車，打開車窗。賺到說：「……末永。」

他的語尾「啊啊啊」地抖個不停。

「很冷嗎？」

「這是上陣時的身體反應。」

賺到話一出口，馬上露出「不能對當事者這麼說」的表情。但是無論別人怎麼說都無所謂，因爲我無暇擔心。

「警方不准我和記者接觸。」

賺到晃動大大的下巴，點了點頭地說：「嗯。」

「我不會打電話給你，你也別打電話給我。」

「好。」

我瞪著賺到的眼睛說：「……你聽好，警方預定在九點攻堅。」

賺到整個人跳了起來，「那只剩……三個小時左右了，不是嗎？」

「時間拖得越久就越棘手。這件事要盡快解決，不能再拖了。」

我開始讓汽車緩緩滑動，停太久的話難免啓人疑竇。賺到快步跟上，他口中吐出的氣，微微凝成白霧。

賺到叮嚀：「好，就九點。」

如果時機沒有抓好，可是會出人命的。像是要抽籤似的，我也反覆地說：「中獎、中獎。」

我踩著油門，最後丟下一句：「務必準時！」

賺到的身影沒入黑暗裡。

2

我彷彿進入了夢中的世界。

這是因爲照明的緣故。小時候每逢廟會的日子，平日陰暗的地方都會變得燈火通明。那是遠離日常生活的世界，就像從觀眾席走上舞台一樣。在那個世界裡，甚至會刮起截然不同的風。

此刻我家周遭燈火通明。大概是不能讓歹徒有黑暗這件隱身衣作爲保護的緣故吧。我本該熟悉的家，看起來卻像塑膠模型的手工藝品。

我不知他們是機動小組還是維安特勤隊，總之，全副武裝的彪形大漢踩進冬天的田裡。他們以我家爲中心，像甲蟲包圍蜂蜜般圍成一圈。

從產業道路看不到房子的後面，但是連那裡也亮晃晃的，應該看得見二樓的陽台吧。我無暇確認，但是友貴子白天晾的衣服大概在陽台上隨風飄揚吧。友貴子應該沒時間收衣服，而石割也不會好心到擔心衣服是否會因晚風而變潮濕。

自己的衣服倒是無所謂，但是友貴子薄薄的白色夏衣在眾目睽睽下被燈光照得無所遁形，未免太殘忍了。然而，衣服啪嗒啪嗒飄揚的模樣，就像是以細膩的筆觸在暗夜的畫布上描繪出一幅超現實的畫，這畫顯得淒美絕倫。這代表我的心是向著友貴子的。

的確有人遭到命運無情地對待，友貴子就是如此。

幾位警察攔下我的車。

過了一會兒，伊達才出現。我一看見他，立刻下車致意。理所當然的，身材如大象般的伊達眼神並不和善。

他面帶寒霜地皺起眉頭，沒有半句抱怨，劈頭就說：「石割好像冷靜下來了。」

「嗄？」

「他主動打了一一〇。」

「原來如此。」

「他說尊夫人平安無事，他也不打算採取任何行動。」

我對此不予置評，只是頻頻點頭回應。

「不過，他不准我們接近房子方圓十公尺內，還要我們把附近照得通明。」

原來不是警方主動照亮四周，而是石割要求的。的確，警方若是趁黑展開攻堅，他可就不妙了。

房子二樓三面都有窗戶，從窗簾縫隙應該能夠觀察警方的動靜。雖然北邊是一面牆，但是也可以從下面廁所的小窗觀察。總之，屋外燈火通明，而屋內一片漆黑，這樣他就能觀察我們的一舉一動。相對地，我們則難以窺見他的行蹤。

寡不敵眾，這或許是石割牽制警方的好方法。

伊達聲音平板地接著說：「如果不按照他的話做……」

伊達稍微停頓了一下。石割大概是威脅警方，否則要對友貴子不利。

「……說不定他會不顧一切地反抗。……他也表現出怯懦的一面，甚至暗示他會投降。所以我們決定暫時靜觀其變。」

石割手上有人質。

要隨意搖晃裝了雞蛋又不穩定的容器可得當心。對方並不是一般的挾持犯，就他所造成的傷害來說，他是一個喪心病狂的惡徒。如果他聽到警方在這種時候必然會說的慣用台詞

「放下武器，別再做無謂的反抗」就肯乖乖投降的話，那自是再好不過了。

既然石割已經表達他的態度，警方也無法輕舉妄動。因爲如果有人犧牲了，就是警方的責任。

伊達確定我的停車位置後離開了。

接下來，只要再等待片刻。

我將圍巾圍在脖子上，放倒座椅，找到讓自己最舒服的姿勢。

透過擋風玻璃，可以看到夜空。從我這個位置來看，彷彿玻璃罩住了夜晚似的。

但是我的注意力集中於腳尖更甚於眼睛。

當我將腿伸長時，鞋尖碰到硬物發出「嗒」的一聲，原來是友貴子的瓶子放倒了。突然間，我覺得透過瓶子與友貴子有了聯繫。

就算是因爲一時緊張而隨手擱下，放在駕駛座腳邊未免太危險了。要是滾進剎車踏板底下，後果可不堪設想。

我坐直身子伸長手臂探尋。指腹傳來光滑的觸感，那原本是營養飲料的細長瓶子。友貴子將瓶子洗淨，另外裝了東西。

就像用雙腳滾動酒桶般，我移動手指將瓶子滾過來。一抓住了瓶子，掌心頓時一陣冰涼。

這個玻璃瓶內裝著濃稠的液體。

那是毒芹素、毒芹鹼。

我耳畔響起友貴子像是低聲唸誦咒文的聲音。

我突然想起，友貴子的記憶力之好，可以清楚記得令人意想不到的事。

有一次，我和她一道去百貨公司，友貴子想買靠墊。因爲靠墊太大，所以她要我開車載她去。

我們按照店員的指示前往靠墊展售區，途中經過玩具賣場。玩具賣場裡貼著布偶的宣傳海報，海報並不大。三人——或者該說是三隻，總之他們並排在一起。

「咦！你知道這個？」

友貴子這麼問我。當時她才剛能用這種口氣和我說話，總之——這不是比喻——當時她也才剛能毫不抗拒地和我牽手。這對友貴子而言，猶如小孩子跳大水窪，是一件困難的事。而會認爲她這樣很愚蠢的，那是因爲「大人」是站在遠處所做出的判斷。對友貴子而言，眼前是一片千仞深谷。她彷彿反覆從遠處跑來，卻在崖邊停步。

即使她一度跨越深谷，讓我握住她的手，前頭又有另一個深淵。她甚至連隔著衣服像一般人那樣的擁抱都排斥。我能從她身上清楚地感覺到她的恐懼。

然而，她卻在心裡告訴自己，自己想被擁抱，讓自己努力去嘗試。因爲她想要獲得心靈的平靜。

友貴子甚至連雙手抱胸都感到痛苦。

我一將臉湊近，她就會閉上雙眼，臉上浮現出自己即將成爲犧牲品的忍耐表情。她害怕別人靠近，一旦我像鳥輕啄她光滑的鼻頭，她就會稍稍睜開眼睛看著我。

當時我們正是處於這樣的階段。

「嗄?噢，好像在哪裡看過……」

「他們叫佳佳丸、短笛、愛哭鬼(譯註)。」

「眞厲害。」

友貴子的表情略顯得意。

「光是名字，誰都叫得出來。」

「還有姓氏嗎?」

「嗯，全名。」友貴子像在回想一樣，微微抬起頭說：「袋小路佳佳丸、最強音・短笛、愛哭鬼・咬咬阿契・三世。」

「是喔。」

「我在電視上聽到的，只聽過一次……我想應該沒記錯。」

她自然流露出的表情，彷彿在問：厲害吧?

「只聽一次就記住了嗎?」

「只要我有心要記的話，大致上都能記住。」

「那需要背的科目考試都沒問題了。」

「嗯，這麼說沒錯，問題是我有沒有心背。」

「嗯。」

……毒芹素、毒芹鹼。友貴子沒有忘記這個東西。

3

那三個布偶其中是一隻老鼠。友貴子指著老鼠說：「小時候，我看到布偶拍賣的推車上，就只剩下它。」

「為什麼？」

「它們是三人組，廠商應該做了一樣的數量。佳佳丸是冒失鬼，又愛生氣；短笛是朝氣十足的女孩子，但是……愛哭鬼是老實頭。」

「所以它賣不掉。」

「對。」

「好可憐喲。」

「好像有三、四個，一個個灰頭土臉的，好像都在流淚。」

「但是，又不能把它們全部買回家。」

可憐──說穿了，只不過是旁人心理上不必負責任的感受吧。

「結果呢？」

我們走在走道上，因為是玩具賣場，很自然便看到販售布偶的區域。

---

譯註：NHK幼兒節目「媽咪寶貝一起來」中的三個布偶名，分別是山貓、企鵝、老鼠的扮相。

話才剛說完，所以我對友貴子指著說：「妳看。」

友貴子順著我所指的方向看去，馬上一臉像被什麼打到的表情。

那裡當然沒有「愛哭鬼」，倒是放了幾個隨處可見的布偶熊。大大小小的熊，有咖啡色，有咖啡加牛奶的顏色，還有偏黃的顏色。

她不禁伸出手，彎曲的指尖微微地顫抖。

像從屋簷滴下的雨滴般，友貴子小聲反覆地喃喃自語。我事後回想，她喃喃自語的就是毒芹素和毒芹鹼。

那一晚，友貴子因爲聊晚了住在我家。

# 第8章　白皇后與白色的花

1

我遠遠地看見那個……看見布偶，想起了餅乾……而且是小時候的餅乾。

餅乾小時候簡直像裝了彈簧似地蹦蹦跳跳，而且就像牠的工作般地使勁全力狂吠。

在這許多咖啡色的布偶熊裡……小時候的餅乾就像混在一片咖啡色中……我總覺得，牠迷路了。我彷彿看到了一雙淚汪汪的眼睛。

我會想起牠並不奇怪。牠的眼神從未像現在這麼強烈地射向我，這反倒令人覺得不可思議。

我關上門。

說不定是因爲你在我身旁的緣故。

沒錯，我告訴過你好幾次餅乾的事。只要有你在，我就會想起牠。

……即使我因爲想起牠而暈倒，你的手……也會像這樣在我身旁。

說不定是因爲這樣的關係。

我可以再說一下嗎？

我成了再平凡不過的高中生。

學校有點遠，所以我騎腳踏車上學。我唸的高中位於隔壁城市，離我住的地方不遠，而我家就鄰近隔壁城市。

我總覺得特地跑到車站坐車回家，不但花錢又花時間。去遠的地方，騎腳踏車比想像中要來得快，而且把時間花在月台等電車也太可惜了。但是，一不小心耽擱了回家時間，就得在漆黑的田間小路上騎車。那眞的很可怕。所以一年級我沒有參加社團。

升上二年級，理科的選修科目我選了生物。授課老師一頭白髮，綽號叫「老爺爺」。他也是我的班導。

他一頭白髮，加上個頭又小，所以同學才會叫他老爺爺。但是，我不曉得他的實際年齡。我和母親相依爲命，不太會猜男人的年紀。

老師戴著圓框眼鏡，說話聲音小又慢，這點也很像老爺爺。在生物的課堂上，談到了樹木。老師說：「桂樹的葉子是心形的。或許是這個緣故，砍成木柴也讓人覺得很溫暖。」

我覺得他在開玩笑。聽起來就像童話故事，對吧？但是也正因爲如此，才會留在我的記憶裡。

那一天打掃時，老爺爺來監督。我拿著長柄掃帚打掃。聽到溫馨的樹木，便將玩笑話信以爲眞，我心想大概會被嘲笑吧。五月多的午後陽光，照得窗戶一片燦爛。

「老師。」

「嗯？」

老師伸出脖子轉向我，看起來像駝背。我一把心裡的話告訴老師，老師便說：「這樣啊。如果妳好奇的話，我有標本，可以讓妳摸摸看。」

如果是動物標本我還能想像，但是「樹的標本」究竟是什麼樣子呢？於是我前往生物教師休息室一探究竟。那間休息室位於一樓角落，冷冷清清的。

老師從鐵製書架上拿出樹的標本，上面貼著許多木片。

偏黃色的漆樹樹皮、年輪像岸邊海浪的松樹，還有可製成衣櫃的桐樹，一整排樹皮都剪成相同的大小。雖說都是「樹」，但的的確確有許多種，就像同一個班級裡，每個學生的特性都不一樣。

「眞漂亮。」

這麼說很沒禮貌，但是老師的笑臉看起來就像老鼠。

「光是看無法體會。」

「是。」

我試著用手指觸摸山毛櫸、栗子樹、楢樹與桂樹。

「啊……」

「怎麼樣？」

「經老師那麼一說……」

我覺得不可思議。應該是因爲經老師那麼一說，再加上親手觸摸，感覺眞的有點溫度。

這時，有幾位同班同學進來，在那之前我並不曉得他們是生物社的社員。他們和我一樣試著觸摸樹皮，並且有相同的感受。

老師拿出日本七葉樹的標本。

「這叫做細皮嫩肉的樹，喏，它的顏色白皙、紋理細緻，就像個美女，對吧？」

生物社員說：「那種日本七葉樹會變成這種木板嗎？」

老師點了點頭說：「嗯。」

「它的花就像燭火般沿著河川開放，對嗎？」

我很羨慕生物社社員，當老師說到日本七葉樹，他們腦子裡就會浮現日本七葉樹的模樣。當然，我連桂樹長什麼樣都不知道。

後來我才知道，原來生物社分成許多小組，他們是植物組。老師點頭，瞇起眼鏡後面的眼睛說：「日本七葉樹也差不多要開花了。」

我想看。

你也想看吧？

重新分班升上二年級時，我不再和生物社社員坐在一起。一年級時我們幾乎沒說過什麼話。

即使如此，但還是在同一個班級，所以找他們說話很方便。

「哪裡可以看到開花呢？」

從校門前的公車站往北不遠的地方有一座小山丘。生物社定期且持續地觀察那一帶的林相，聽說那裡也有日本七葉樹和桂樹。

下個星期六，老師要帶領幾名社員前往，問我要不要一起去。

「沒加入社團也可以來。呼吸樹林裡的空氣，對身體很好喲。」

星期日沒事，可以休息。所以我決定去看看。

那一天天氣晴朗，是出遊的好日子，而且那裡並非觀光景點，所以人車不多。公車不久便進入河濱道路，開了一會兒，進入山丘間。我們在有幾戶人家，名爲某某地方中心的公共設施前下車，從那裡進入山間小徑。

「平時常見的樹有山毛櫸、櫟樹、橡樹、楓樹……」

老師爲我一一介紹。當然，我聽過這些樹名，卻沒辦法和樹聯想在一起。一旦記住了樹名，樹林看起來就是一棵棵的樹。原來知道樹名與否，樹林看起來竟會如此不同。

我們走的路先是上坡，然後是下坡。向上伸展的樹葉，宛如綠色塑膠製品般，透著天光。

我聽到河水琮琤聲，眼看大樹越來越近。

「就是這裡。」老師像在介紹朋友般地說道。

……日本七葉樹。

高處的枝椏上開滿白色的花，濃密一片，眞的像蠋火般綻放。風一吹，燭火就在綠葉間搖曳。

……好美好美。我仔細一看低處的枝椏，小蜜蜂正振翅吸食花蜜，蜜蜂在樹葉間灑落的一道道光束中穿梭。我側耳傾聽，彷彿可以聽見嗡嗡聲。

蜜蜂一定也飛上了我們看不見的高處，像從蠟燭借火般取蜜。

我曾在照片上看過老櫻花樹，除此之外，我幾乎不知道其他會開花的樹。更何況是這麼高大的樹覆滿了花，我連想都沒想過。

我出神地看了許久。

「日本七葉樹只長在山裡嗎？」

「不，一般也會當成行道樹。」

「噢。」

「妳聽過巴黎街上的『歐洲七葉樹』嗎？」

「好像有……」

好像是咖啡店之類的名字。

「歐洲七葉樹和日本七葉樹是近親。」

我心想，淨是我不知道的事。

我們再往前走，看見了桂樹。那棵桂樹感覺很「雄偉」，根部一帶分成好幾株，各自茁壯生長。桂樹長得很高，上面照射日光的葉子呈黃綠色，閃著金色光芒。

老師輕撫樹皮有許多垂直紋路的樹幹說：「現在的綠色也很漂亮，到了秋天又是美不勝收，一整片換上黃色的新衣。」

老師撿起掉落在潮濕黑土上的葉子給我，果然是心形。

「這些葉子會一片片染黃，那是無法形容的美景。桂樹是形狀很美的樹……我啊，很喜歡這種樹。」

平地好像也有桂樹，據說公園裡也有。

「可是啊，我經常去東北原始森林裡的桂樹林。四周全是桂樹，所以我常會發現一件事……」

老師故意吊人胃口。

「什麼事？」

「香味。」

「嗄？」

「若是一、兩棵，香味會散失，但是一整片桂樹林的話，就時時都聞得到。桂香是一種非常好聞的香味。」

如果是專家還有可能，像我這種門外漢，大概一輩子也去不了那種地方。一想到這裡，我覺得有點遺憾。但是我還是姑且一問：「怎樣的香味呢？」

「噢，這個嘛……」

我根本無法想像。

「言語無法形容的香味嗎？」

老師像老鼠眨眼般眨了眨眼睛。

「像是焦糖的香味吧。」

我總覺得桂樹林裡住著小矮人，他們在廚房裡做點心。

## 2

聽說從去年開始，生物社以這一帶做長期的觀察紀錄。首先是製作樹木地圖。聽說幾年後，隨著住宅區開發，說不定會有河川整治的工程。日本七葉樹將會面臨什麼樣的處境呢？四處探聽後，我自然而然地加入了生物社。

生物社的社團時間短，和體育社團一樣不會留校太晚，於是我決定加入。

幾次出遊下來，我已將森林的地形記在腦子裡。我曾經因爲蛇竄出來而嚇了一跳，也能區分不同的鳥叫聲，並接觸到植物之外的生物。

不知在第幾次時，老師爲我們介紹毒空木。老師指著一株並不顯眼的低矮樹木，要我們小心。

那棵樹上結有小果實。

「這種果子到了夏天成熟後，會變成看起來可口的紅色果實。不過，你們生活過得這麼富裕，應該不會去吃野生的果實吧。但是，千萬要小心，這種果實的味道酸中帶甜，以前有小孩吃了之後，發生非常可怕的事。」

大家一陣低呼。

「吃壞肚子嗎？」

老師篤定地說：「死了。」

大家先是靜默，接著發出驚呼。「死」竟然會出現在這種自然景色中，實在令人不敢相信。

我邊走邊問：「老師，小鳥會吃美味的果實。種子藉由小鳥的排泄而得以散播到別處繁殖，對吧？」

「是啊。」

「既然這樣，爲什麼要帶有毒性呢？這麼一來，就沒有動物要吃了。對這種樹來說豈不是一種損失？」

老師輕輕搖頭地說：「嗯……我倒是沒有想到這一點。但是，白英的果實也有紅色的，一如白頭鳥的名字，白英是這種鳥最愛吃的。不過，白英的果實對人體無害。但是小鳥吃下毒空木的果實應該不會有事。」

「……這樣的話，要是被鳥以外的動物吃了可就糟了……它會毒死動物嗎？」

「或許會。」

「眞是利己主義耶！」

老師冷笑一聲地說：「唉，比起人類，這算是小巫見大巫。」

我們來到一處窪地。山丘的泉水在此匯集，形成一片濕地後再流向河川。

「說到毒，那也有毒。」

老師指著一叢楚楚可憐的小花。從筆直伸展的綠莖頂端，像煙火炸開般，有許多白點向四面八方散開。

「這也是劇毒。」

我嚇了一跳。

我的確在住家附近看過這種花。我家後面有一條小河，我在那裡看過這種花。這花每年都在同個地方綻開。

老師將手放在膝上，身體朝濕地前傾。

「整株都很危險，特別是根部，含有毒芹素或毒芹鹼。」

老師說了兩個我不懂的詞，但是開頭都是「毒」，令我印象深刻。

「毒」的音深沉而闃然……像冷冰冰的聲音。

「這種毒會令人全身痙攣、心跳加速，然後呼吸困難，最後陷入重度昏迷，之後便永遠沉睡不醒。」

永遠沉睡不醒。

……永遠沉睡不醒。

白色的花在微風裡輕輕搖曳。

## 3

過完春、夏，接著是校慶。

我們大約從一週前開始準備製作整個觀察區的大地圖，並附上照片，而且將掉落地上的種子的發芽情形製成圖表。

這是專家在眞正的試驗地的做法，同時這也是第一步。

雖說我會盡量早點回家，但這種時候不免耽擱到很晚。光是將草稿以大字謄寫到模造紙上，就花了不少時間。

第一天，我走在有路燈的馬路到車站搭電車，到了鎮上一樣走在有路燈的路回家。但是我覺得很花時間。

第二天我則是騎腳踏車穿過漆黑的路。雖然辛苦，但是二十分鐘左右就到家了。

第三天，變天了。因爲有颱風警報，天空像覆蓋著灰色的厚紙板，烏雲在高空以不同的形狀，飛快地流動。

風轟隆隆地吼。這種時候，我會想起《西遊記》——就是孫悟空的那個故事。

故事裡有個不可思議的葫蘆，叫金角、銀角的妖怪把葫蘆口對著人呼喊對方的名字——喂，某某某！

對方一旦回應，就會「轟隆」一聲被吸進葫蘆。小時候聽到這個故事非常嚇人。聽到戰爭，我還以為天上會出現巨大的葫蘆。

我從新聞得知某個國家發生內戰。主播提到某國人、某國人，令我感到匪夷所思。我問母親：「妳分得出他們是哪一國人嗎？」母親說：「分不出來。」這個鎮的人和鄰鎮的人會因爲一言不合而互相殘殺嗎？人會因爲出生在不同國家、接受不同教育這種無法選擇的事而想消滅對方嗎？這有正義可言嗎？

當然，他們並不會如此理性地思考……結果就變成這樣了。

人是爲了消滅彼此而出生的嗎？這令我心生恐懼。

天空在呼喊眾人的名字，呼喊這個時代。

……喂、喂、喂。

一旦被叫到名字就完了，因爲由不得你不回應。被吸進葫蘆之後會從頭、腳、指尖開始溶化。大家一一地被溶化。

這時雷聲大作，每傳來「轟隆」響，四周就會暗下來。轟隆隆的悶響，就像有一隻大手從頭頂上伸下來抓人一樣。

忽然下起了雨，雨斜打在我身上。學校提早放學，要我們馬上回家。我當時將腳踏車停在學校，走路回家。

第二天雲被風吹散了。秋高氣爽，令人心曠神怡。早上才相差五分鐘，天色就大不相同。搭電車上學，眞是累人。

光是要做和平常不同的事就令人厭煩。我從電車車窗望著蔚藍的天空，心想：今天天氣這麼好，我卻塞在這麼擁擠的電車裡，眞是無趣啊。

這些事全都是那件事的前奏。或許只要一個地方稍有不同，一切就會不一樣。但是，這就是所謂的「命運」。

那一天也耽擱得很晚。

我不曾在學校留那麼晚。原本應該搭電車回家，但是……要是今天不騎腳踏車回家，明天早上就又得搭電車上學。

對別人來說這很理所當然，但是我覺得搭電車上學是非常無味的事。我心想，前天也是在一片漆黑中回家，沒事的。畢竟這裡是全世界最安全的國家——沒有戰爭的日本。

我走到了樓梯口時還在猶豫，但是一走到外面，風一吹，兩隻腳很自然地朝腳踏車停車場走去。

出校門右轉，環狀快速道路沿線還有汽車行駛，再往前，房子就變得稀稀落落，我騎上田間的單行道。

這條單行道很窄，但是車子還能開進來，所以到處都是路燈。這裡的路燈呈三角錐的形狀，只有光線所及的地方才看得到稻子的顏色。

我騎在黑暗中，寒氣漸漸滲進骨子裡。不過是一個颱風過境，風便由熱轉涼。

我提心吊膽，感覺像是被童話故事裡的山姥追趕。

四周不時出現房子。經過房子前我會鬆一口氣，但是一經過了就又感到不安。一進入我住的鎮，右轉直線的單行道，是一條長兩公里、少有人跡的路。路的盡頭就是我平常帶餅乾散步的地方。

快到家了。

這時後面傳來汽車的聲音。我一開始不以爲意，但是從燈光逼近開始，我就有一種異樣的感覺。照理說車子應該會超過我，但是車燈卻一直照著我，對方好像減慢速度。我感覺腹部像被人用力勒緊一樣。

如果是山姥逼近，我只要一拿出護身符，地面就會隆起，河川就會開始奔流。但是，我只能踩踏板。而站起來用力踩未免顯得奇怪，所以我坐著拼命踩。心臟砰砰跳，胸口發出「噗通噗通」的聲音。

車子開到我旁邊，一名長髮男子忽然從副駕駛座探出頭來。車燈在車子四周投射出朦朧的光影，柏油路是灰色的，月亮尚未升起。我的眼睛習慣了黑暗，所以車燈便足夠讓我看清楚對方，他有一張面具般的臉，大眼睛、大嘴巴。

「這麼晚了，妳在這裡做什麼?」

車上傳出爆笑聲。我聞到酒味混雜其他味道，臭得令人不舒服。我答不出來，膝蓋顫抖。我想就這樣繼續騎，但是騎了不到十公尺，車子猛地撞向我。我差點掉進田裡，勉強剎住車，左腳踩在路肩的泥巴裡。

那部車的後座車窗迅速地打開了，沒想到後面傳來一個女人的聲音，她對著重心不穩的我說：「過來！」

那是一個低沉、我曾經聽過的聲音。剎那間，我覺得自己回到了國中時期。水溝裡潮濕的土，令我想起當時濕濡的磁磚。

我嚇得縮成一團。

……會有這種事嗎？

4

我勉強伸到路肩的腳尖突然打滑，連人帶車摔進田裡。

路與田之間，有一條像水溝的溝渠。溝渠的一側是水泥，但是靠近我的這一側只是掘土而成的淺水渠。溝渠深不及膝，但是裡頭積了水。

我打滑的腳踩進水溝裡，感覺到濕滑的同時，我整個人橫倒在地。我從腳踏車上摔落，龍頭卡在水溝邊，壓在我身上。我就像一隻被剝了殼的蝦。

我的頭撞到稻子的根部，肩膀擦過地面散出泥土的味道。

「笨蛋，妳在做什麼啊？」

車上的人笑成一團。我一臉泥巴，從地面抬頭一看，只有兵頭三季一臉嚴肅地低頭看著我。

我嚇得全身縮成一團。

我掉進水溝裡渾身是泥地抬起頭看著他們。就像活生生的頭被掛在車窗上一樣，兵頭三季的頭就這樣探了出來。

我的模樣或許很滑稽。但是兵頭三季不像在看好戲，反倒像是著急地說：「站起來吧。」

我勉強移動動彈不得的身體，從腳踏車底下爬出來。但是，我眞正想逃脫的是眼前的這個狀況。然而我卻聽到自己的心裡說「妳辦不到」。

三季將頭轉向車內，此時我看到的明明是她的後腦勺，卻覺得她的眼睛長在腦後看著我。

不知兵頭三季說了什麼，車內的氣氛爲之一變。

她對其他人說了什麼呢？那對我而言肯定是件殘酷的事。當時的氣氛令我如此確信。

我轉身。稻穗如海浪般起伏，月亮低懸遠方。

……我不曉得自己說了什麼、沒說什麼。

……我也不曉得自己現在身在何處。

如果不是你搖了搖我，說不定我的心就飛了。

然後……啊，別再說了比較好？……可是、可是，錯過了今天，以後我就說不出口了。

不。

不。我不打算全部說，我不能說。要是說出來，我會嚇得全身僵硬。

我也不曉得自己會被帶去哪裡。

我被帶到一個不知道的地方，遇到比被剁成肉醬更殘忍的事。

我渾身疼痛不已，我全身上下像當時的中指、嘴唇那樣被對待。

明明是秋天……卻還有蚊子。既然明明是死期不遠的蚊子，就可憐可憐我吧，但牠居然還來叮我。我記得……這件事，蚊子停在我胸前，因爲我不能動，所以牠盡情地吸血。儘管我看得到牠，卻無力趕牠。蚊子的肚子眼看著越來越鼓。

……牠一點一點地吸我的血。

# 第9章　白國王入城

## 1

我的手機響了，時間是八點十五分。按照事先的約定，響三聲就掛斷。

我用報紙遮住後座兩側與後方的車窗，並用封箱膠帶貼牢。若是警方問我爲什麼這麼做，我就說是爲了安靜打個盹。我下車用封箱膠帶遮住前面的車牌號碼。這也是準備工作之一。

八點四十五分，我的手機又響了。這次我馬上接聽。

「嗨，是末永先生嗎？」

電話是石割打來的。

「嗯。」

我將手機換到左手，並發動引擎。

事情一如白天時所商量的順利進行。

石割問我：「要不要做一筆交易？」當然，他是要我幫他逃出去。不過，困在屋裡想逃走的可能性應該是零，就算拿人質當擋箭牌也很困難，若是罪行重大的歹徒，那更是難上加難。

但是，如果有出乎意料的協助者，那就另當別論了。石割說這樣或許就能化不可能爲可能。他要我出賣警方。

失火現場力無窮，這句話或許也適用於腦袋。我靈光一閃的計畫已經進行至此。

這通電話也是計畫的一環。

「你太太沒事，她很好。還泡茶給我喝呢，眞是周到。」

「這樣啊。」

「抱歉，給你們添麻煩了。我也不打算再硬撐下去了。」

他當然知道警方在監聽。

警方介入之後，我們就無法互相聯絡。我按照預定計畫傳送暗號，那就是透過電視說：

「我做好了所有我能做的準備。」

而石割也準備妥當的暗號就是這通電話。我們佯作無事地應答，若雙方都沒有說什麼奇怪的話，就是展開行動的暗號。

我踩下油門，將車開上右邊的產業道路，路上的氣氛一如戰場。

「我殺了幾個人，在情緒激動下喪失了理智。現在我已經冷靜了，沒事了。反正再做壞事，也不會有任何好處。」

我開車靠近警方的封鎖，穿制服的警察立刻靠過來。

「嗯……等一下。」

我從駕駛座探出頭，用手摀住手機的受話口，對擋住去路的警察說：「歹徒打來的！伊達先生在嗎？」

警察表情一變，對身邊的同事低語，然後跑開。他們對於我將車開到這麼近，並沒有覺得奇怪。我繼續和石割說話：「你什麼時候出來？」

「這個嘛，我是想馬上出去，但老實說我肚子餓了。做決定之前，我緊張得連東西都吃不下。」

「你最好吃點東西，人肚子一餓就容易生氣。」

「沒錯。我白天正要去吃飯，就被條子發現了。」

石割應該是走進美式餐廳時被逮的。

「我吃個飯休息一下，用毛巾擦過身體就出去。因爲沒時間洗澡了。」

「反正都要投降了，用毛巾擦身體和洗澡都一樣吧？」

「這是心情的問題，我可不希望有人在我光溜溜的時候闖進來。……唉，穿不穿衣服倒是無所謂。不過，如果你們衝進來，我就先殺了你太太再自殺。」

「……」

「我討厭被人強迫，我至少想依自己的意思出去。」

「……明天早上嗎？」

「嗯，是啊。到時候，我會借你的毛衣穿。」

我看見伊達小跑步朝這裡靠近的身影。

## 2

當我轉述完對話時，已經九點四分了。伊達輕輕點頭。

——歹徒準備在明天早上投降。

我沒想到僅僅這幾句話，就讓他放鬆戒備。然而，說總比沒說好。

我環顧四周。

既然這裡是住宅區，媒體應該已經聚集在附近大樓樓頂了吧。田裡有一棟透天厝，馬路勉強能讓車子開進去。幸好大家都被擋在封鎖線外面。

就算有厚顏無恥的看熱鬧群眾踏進田裡，大概也會因爲警方遲遲沒有動作，都筋疲力盡地回家了。現在是一月底，天氣寒冷。警匪若有什麼動靜，電視新聞是絕不會錯過的，所以還是窩在暖爐桌裡邊剝橘子邊看電視比較輕鬆吧。

任誰都料想不到，這座在黑暗中浮現的明亮孤島即將發生什麼事。

我聽見一陣騷動，是從房子另一頭傳來的。但是我不太清楚發生了什麼事。

「啊！」

伊達的臉色變了，一副被反將一軍的表情。也難怪他會這麼想，因爲剛才才聽說「歹徒準備在明天早上投降」。說時遲那時快，伊達衝向房子的另一頭。

莫名其妙的聲音依然持續著，接著傳來男人的吼聲。

「走，現在過去。」

我聽到槍聲。這麼清晰的聲音，令人心情沉重了起來。

原本包圍房子的員警將注意力轉向傳來槍聲的地方。

原本圍住側面的那排隊伍散開了，趕往房子的另一頭。他們忽略了我這邊——產業道路。

我趕緊踩下油門。

「我要回去，我要掉頭！」

我在駕駛座上這麼吼道。這應該也顯得非常自然，因爲似乎發生了什麼事，所以想離開。

我稍微往前開，讓車頭衝上田埂，以便掉轉車頭。這時我從駕駛座探出頭，故意將手機貼在耳朵上，扯開喉嚨大喊：「逮捕！逮捕歹徒！」

有人驚叫。當然我講的這些話是不會傳進這種手機裡的，然而，或許是繼槍聲之後又有叫聲，所以有幾個人跑向房子後方。

我切換方向盤倒車，插進警方的隊伍。這麼一來，倒車就不會顯得奇怪了。

「逮捕歹徒！」

我插進隊伍中加速倒退。

「喂，等一下！」

但是我並沒有停車，而是持續地倒退。車子不斷倒退，開上了產業道路。衝出警察的包圍之後，我離車庫約十公尺遠。

我從半路上就一直按著電動鐵捲門的按鈕。

芝麻開門！

在熟悉的直線路上開車並不困難。但是我是倒車疾駛在被警察包圍的舞台上，這個舉動備受矚目。

一支手持盾牌的隊伍在田裡站起來。

他們大概是弄不清楚剛才的槍聲與現在的車聲有何關聯。然而，這裡不可能有歹徒的同夥，所以他們會以爲或許是警方受到某種指示而採取的行動。

另一方面，在產業道路上的人一臉怒氣地追了過來。我方才毫不顧慮車身可能會擦撞到他們，將車開到車庫前。就像老人捲竹簾般，鐵捲門發出「嘰嘰」聲，徐徐地開啓。

總之，問題在於如何讓事情在一瞬間完成。如果讓警方有思考的時間，那就沒有勝算了。我從駕駛座稍稍向前傾，對著一群衝過來的壯漢大叫：「我接到指示！是伊達先生要我這麼做的！」

接著，我像搖晃的鐘擺般將身體拋出車外，打開左後座的車門。我用左手指尖甩上車門，廉價的車門沒有關好，仍舊敞開著。此時鐵捲門開啓至人能鑽過去的高度。趕上了。

在此同時，後門發出「喀嚓」一聲。

裡面的後門一打開，便從底下冒出一個身穿黑夾克的男人。他手上拿著傢伙，看著懷裡的人，哄人似地說：「喏，這是你太太！」

石割低頭衝進車裡。

我無暇確認。就算他抱著吸塵器出來，我也沒時間說：「你違背約定！」我只瞥了一眼，但是沒有錯。

我將方向盤打斜，往前開車。

事情說來話長，但是發生的時間只有一眨眼的工夫。接下來能夠不被警方射破輪胎順利逃走嗎？我祈禱警方因爲措手不及，而來不及應變。

「緊急狀況！不好意思！歹徒在對面！有人受傷了！」

我一面吼著莫名其妙的話一面踩油門。幸好警員紛紛往兩邊跳開，避開車子。如果警方不惜犧牲也要擋在我前面的話，我當然沒辦法狠心輾過去。

「別開槍！你要是開槍，我就停車！」

我對著後座的石割吼道。才一下子，我的聲音就啞了。大概是因爲我這輩子從未這樣高聲大吼吧。我差點咳了起來。

「現在不是瞎操心的時候吧？」

距離前方三、四十公尺的那些警員完全搞不清楚狀況。他們記得我的車，聽見「有人受傷」，便迅速閃到一旁。

警車發出警笛聲，從後方追來。諷刺的是，這反倒使我的話更具可信度。

我一面在產業道路上疾駛一面想著賺到。他現在大概是站在車前不安地踱步吧？

一想到這裡，我愕然失色。

就電視畫面而言，嫌犯在眼前被逮捕肯定比較有趣。

要是他不肯開道幫石割逃跑的話怎麼辦？這攸關我太太的性命——他會多認眞思考這件事呢？我應該對他說過「我一輩子就求你這一次」。要是我更愼重地叮嚀他就好了。

各種念頭在我腦子裡打轉，我的車逐漸接近東亞電視台的轉播車。賺到的車與轉播車之間的黑塊，看起來比來時更大。希望這不是我的過度樂觀⋯⋯。

轉播車的明亮燈光照出了我，大概連我開車的表情都會被傳送到每戶人家的客廳裡吧。一張日本頭號蠢男的臉。

彷彿樂團在指揮棒的指引下演奏般，我受到照明的吸引。我一踩下剎車，便毫不遲疑地向右轉。

像是踩到砂包般，車體「碰」地彈起來，衝進田埂。田埂就只有一部小轎車的寬。要是輪胎開進田裡，那就玩完了。

儘管要開快車，但還是得小心駕駛。從後面追來的警車因爲車子開不進這條田埂，車燈也就跟著停住了。除非是小型警車，否則大概開不進來吧。大不能兼小！

「眞厲害，虧你開得進來。」石割興奮地說。

我心生不悅，「那個聲音是怎麼回事？」

「什麼聲音？」

「從房子後面傳出來的聲音？」

「噢……」石割得意地說。「我上二樓找會發出巨響的東西，然後從二樓丟下去。之後將收錄音機的音量開到最大。最後……」

「霰彈槍嗎？」

「嗯，我對空開了四、五槍，然後衝下樓。」

車子轟隆轟隆地搖晃。若不是白天走過一次，我會嚇得不敢開進這條路。再一會兒就能開出水田。

我左轉開進水田邊的道路。路上果然沒有鋪柏油，但是地面不再凹凸不平。

石割像是把話含在嘴裡似地說：「不過話說回來，運氣眞好，讓我衝進了一個好人家。」

「對我來說卻是天大的麻煩。」

「說得也是。」

「你應該知道吧？我和你是命運共同體。不可能只有一方得救，我們得妥善解決這件事。」

「沒錯、沒錯。」石割開心地說，順口問道：「你太太叫什麼名字？」

我不想說，但一時也想不到其他名字。

「友貴子。」

警車喧鬧的警笛聲從四面八方傳來。當然，警方想繞道追上來。他們大概攤開了道路地圖吧。其中也有當地的警察，只要石割坐在車上，被逮捕是遲早的事。

但是，對警方來說，車上有兩名人質，所以也不能貿然出手。

「下雪的『雪』(譯註)嗎？」

「不是，朋友的『友』，貴重物品的『貴』，孩子的『子』，友貴子。」

「是喔，眞特別啊。我還以爲是『雪』呢……因爲她快要消失了。」

我雙手更加使勁地握著方向盤。

……這個人的言行舉止眞是令人難以忍受。

石割反覆叫著「友貴子、友貴子」，並撫摸她的頭髮。

「別碰她！」

我一這麼叫，耳朵繼冰涼的觸感之後感到一陣熱辣辣的衝擊。石割用霰彈槍槍管毆打我的臉，說不定耳朵旁邊受傷了。他原本將槍背在肩上，不知何時換成握在手上。

我感到天旋地轉。

「……你少對我大呼小叫！」

他方才興奮的口氣消失得無影無蹤。

「現在姑且饒過你，免得你轉錯方向盤。」

前方漸漸出現我早已忘記的小神社。不過，現在天色昏暗，只能看到木造的建築。

「那種事我根本不放在眼裡。你聽好了，任何下場我都不怕。」

譯註：日文「友貴」與「雪」同音。

他說的應該是眞話。

「……」

「注意你的說話方式！」

「……我知道了。」

「再說，你有資格說那種話嗎？」

石割又發飆了。他像是變了個人似的，吃吃地竊笑。

「條子要是知道了，肯定會嚇到腿軟。喂，末永先生，聽說你……殺了太太。」

我在內心大喊友貴子。

這座寂靜的神社裡，有友貴子說過的桂樹嗎？

「……沒辦法了……我無計可施。」

# 第10章　白皇后哭泣

## 1

彷彿……回到了起點般，隔天中午……我才被帶到昨晚遇到兵頭三季的那條……田埂。

但是，即使能回到昨天的地點，也回不到昨天的時間點。一切都無法回復了。

穿在我身上的衣服就像穿在假人身上一樣，沒什麼感覺。外套就像紙那般粗糙。

我像個人偶坐在後座，聽到一個人說：「沒有耶。」他們似乎找不到我掉進水溝的腳踏車。

總之，他們嫌麻煩，於是把我趕下車。

我……與其說是想離開這些男人……倒不如說想離開這群像是要讓我發瘋的機器般的人。

我以爲他們會威脅我不准報警！但無論他們對我說什麼，在我聽來都亂哄哄的。我只是不斷點頭，然後下車站在路上。

車身閃閃發光，令人目眩。

我一回神，發現自己坐在水泥溝渠的溝蓋上。這條小溝渠位於掘土挖成的路邊水溝的另一側。一整排溝蓋像座小橋，我就直接坐在上頭。

溝蓋也是水泥做的，被太陽曬得溫溫的。

……我回想。

我置身在一望無際的稻穗中，我……像是跌進了秋天作物收成的黃金谷裡。

我因爲坐著的關係，才會這麼認爲。眼前這條橫向的路異常潔白，閃著金光。

太陽從頭頂直射下來，有一股泥土的氣味。沒有風，稻禾也文風不動。說到動的東西，此時烏鴉在高空振翅而過，就像塊飛舞的黑布。

……明明離得很遠，我卻異常清楚地聽到「啪、啪」的振翅聲。

我感受到自體內滲出的疼痛，同時也感受到像螺絲釘從皮膚鑽進體內的痛楚。

我飢腸轆轆，卻沒有食欲。我彷彿變成了一個壓扁的空袋。胃裡明明是空的，我卻想吐，頻頻吞嚥唾液。

疲倦就像蛋白緊緊包覆蛋黃般地籠罩著我。刺痛難當，但是沉悶的疲倦更勝於疼痛。

明明走路就可以回到家了，但是我一時卻動彈不得。

我垂下眼睛，黑螞蟻在我坐著的溝蓋上忙碌地爬動。細如鐵絲的腳像機器般地動個不停，清晰的影子也顯得精力充沛。

我心想……牠們昨天白天也和現在一樣地工作吧。

所以，有許多極爲普通的……小生命……日復一日地……在水泥上明快地爬動。

這條溝渠寬不到一公尺。若是插秧的季節，溝渠裡的水應該會多到溢出來。我明明看過那個景象，卻無法清楚地想起來。

現在溝渠裡只有一條淺淺的涓涓細流。

到處都有一整排像橋的溝蓋。在我坐的旁邊直立著兩個溝蓋，不知爲什麼，水泥板的邊緣嵌著金屬格子，看起來像細長的格子窗。那原本應該是排氣孔吧。但是，既然溝渠沒有全部加蓋，留著縫隙也就沒有什麼意義了。

那個……沒有意義的陷阱裡夾著指尖大小的螺。

我不太清楚那是什麼螺……是田螺嗎？

畢竟，我不可能自己跑來這裡。……水泥上到處沾著田土，呈米白色。或許是季節更迭前……插秧時，螺混在田土裡上了岸……還是哪個壞心人將螺塞進了水泥？

螺的開口處貼在水泥上，就像被囚禁一樣。就算牠想出來也出不來，應該很痛苦吧。

螺頭的部分像乾掉的蔥白，乾乾癟癟的。

螺動彈不得地懸在半空中，難不成牠就這樣眼巴巴地看著下方的流水逐漸乾涸死去嗎？

我看看腳邊，地上有如鳥喙般突出的小石子，我撿起小石子。……明明只是個小動作，卻花了不少時間。

我將石子的尖端對著螺，試著將牠挖出來。即使用手捏牠，感覺也不像生物，倒像化石。但是，從開口處一看，裡面確實有身體，並不是空殼。

牠的肉看起來像是嚼過變硬的口香糖，大概……已經不行了吧，但是我將曬得乾乾的螺丟進下面的淺流裡，螺回到了水中。

這時我看見左邊有來車。

我想逃走，我現在不想看到任何人。

如果是在車站前也就罷了，但是我坐在田埂上看起來想必很奇怪，絕不像蹺課跑來這裡玩。

我覺得自己像佈滿灰塵的「奇怪生物」。我一度想躲進身後的稻田中，但是身體動彈不得。

討厭啦……就在我這麼想時，車子開到了身旁，是一輛計程車。或許是我擋住了路，計程車突然減速。

計程車停在我面前。

「友貴子！」

一個氣喘吁吁的聲音鑽進我的耳膜。原本低垂著頭想閃避的我，不知不覺抬起頭來。

計程車車窗搖了下來，母親從車子探出頭來。

2

母親昨晚先打電話到學校。十一點多時，她叫計程車沿著我可能走的路開。

於是她發現倒在地上的腳踏車。

……沒想到這件事這麼快就成了「事件」。

第二天，母親在上午前往學校。遇到我的時後正是她向老師和同學詢問完昨天的情形在回家的路上。她沒有搭電車，而是搭計程車從學校走原路回家……然後，她便遇到我了。

到此爲止，我也……但是……。

……之後的事，更加難以啓齒。

母親報了警，而警方也展開行動，只是沒有任何消息回報。所以，母親是眞的動了肝火。

她平日非常軟弱，所以我沒想到她會如此表現出自己的情緒，而她也絲毫不肯讓步。相較之下，我只是對被問到發生的事感到痛苦萬分。這件事無論她怎麼問，我都說不出口，而且不管我怎麼說，都表達不出實際內容的幾分之一。事情就是如此錯綜複雜。

我想都不用想就知道「犯人」是誰。他們肯定是兵頭三季的朋友，而那些男人彼此呼叫對方名字的聲音也在我耳邊迴繞不去。

但是，他們幾乎都出身「好人家」，世人會說：「他們不可能做出那種事。」

我對法律並不是知道得那麼詳細，當發生這種事時，女性被害人如果沒有提出告訴，就不構成犯罪。但是，若對方是好幾名男子時，則……是公訴罪。這個行爲本身就是百分之百的犯罪。

所以，我想他們應該無法抵賴，但是他們的父母卻聲稱，他們是經過我同意，才和我鬧著玩的。

最棘手的是三季，這件事是她唆使的。據說，她如果在現場指使那些男人的話，就與他們同罪。

也就是所謂的「共同正犯」。

……但是，我不曉得之後他們在車上有什麼樣的對話。

但是，警方針對這一點提出尖銳的質問，我根本答不出來她在車上說了什麼。

她說「過來」和「站起來」。我很清楚她說過這兩句話，因爲這是對我說的。

在她說「過來」與「站起來」之間，我的腳踏車掉進滿是泥土的溝渠裡。

但是，按照她的說詞，事發順序卻與我說的相左。她說，當車子過來時，我爲了閃避而掉進溝渠，弄髒了腳踏車和衣服。她認出我是她的國中同學，於是拜託同伴載我一程。

三季說車一抵達男人家，她馬上就回家了。所以，後來的事……她一概不知。

這種說法很詭異吧？如果他們是基於好意載我，理當先送我回家吧？但是三季說她認爲同伴當然會送我回家……所以她自己回家去，不清楚後來發生了什麼事。

結果，那些男人也說她當時不在現場。

三季的父母一口咬定，女兒按照規定的時間回家。她在回家的路上在附近一家營業到深夜的便利商店買東西。她手上有收據，而且收銀員也記得她去買過東西。

三季不在現場，也沒有唆使那些男人。……她是這麼說的，而那些男人也同意她的說法。

但是……事情根本不是這樣。

是因爲三季那麼說，事情才變成這樣，這點應該毋庸置疑。我雖然沒聽到她說話，但是我看到了她的「眼神」——想要弄瘋我時的眼神。

當那些男人無情地蹂躪我時，她的眼神一直……盯著我。所以，她一定是先回家一趟，假裝上床睡覺，之後再溜出來。

這種說詞聽在警方耳裡，應該會認爲我有被害忘想症吧。而我所說的一切，或許會因此備受質疑。但我認爲事實應該就是這樣。

對三季而言，這件事……非得親眼目睹不可。

令我驚訝的是，她竟然可以泰然自若地隱瞞。畢竟，就算在心裡發誓不管警方再怎麼問，打死也不說，但最後卻不小心說溜嘴了。身爲被害人的我就是這樣。

一般人自是不在話下……更何況當時三季才高二……應該會不小心說溜嘴。即使是簡單的筆錄，也會讓人感到很大的壓力。

但是三季處之泰然……那些男人就像被看不見的繩索操縱般，口徑一致地替她的話背書。

我認爲她不是人。我並不是罵她沒人性，而是兵頭三季本身令我感到有一股超乎常人所能做出的巨大惡意。這世上確實存在這種東西，它就像蛀牙那樣蛀蝕人類。

在此之前，我們的祖先用兩隻腳走路，擁有智慧，自視爲萬物之靈存活至今。世代傳承的基因遺傳至我們身上，並傳承下去。

即使面對的是再柔弱不過的幼童，也會生出一種「邪惡力量」無情狠心地摧毀他。

兵頭三季就是這樣的人。

3

……因此，當加害人是好幾名男子時，應該就……不必主動提告。但這只是原則，據說實際提出告訴的還是比較多。

這似乎是因爲……事實會因主觀的認定而有不同。

法律規定提告期間，對方可「要求被害人在這段期間內撤銷告訴」，這種交涉十分煩人。

甚至還會有惡作劇，令人聽到電話鈴聲就心生害怕，我甚至接到無聲電話。我認爲那不是三季打的，我總覺得如果是她的話，會做出更殘忍的事。

這件事也上了報，儘管只是小小的一篇報導，但是，這就足夠了。朋友知道了我的事，即使去學校，也不能再和從前一樣與大家聊天。他們不會尖酸刻薄地說我，但是客客氣氣的態度更令人難受。

……我……現在回想起來，當時若是和母親搬到別處就好了。搬到一個看得到大海，但海水更清澈的更南方、更溫暖的地方……。

十月過了，十一月來臨，寒氣從天而降，籠罩整個城鎮。

在最後一堂課時，有人輕輕敲了敲教室的前門。以前不曾這樣。

授課老師走向打開一條門縫的前門，小聲交談了一會兒。然後……老師回頭叫我的名字。

我心想，大概是那件事有了進展。既然我都這麼想，全班同學大概也都這麼臆測吧。我面向走廊，感覺大家的視線如刀般刺得我隱隱作痛。

窗外陰陰的，只有微弱的光線照在一排如水族館般的大片玻璃窗上。

秋天已經過了，班導「老爺爺」老師站在初冬的走廊上。他說：「聽說妳母親暈倒了。」

我趕緊準備離開學校回家。老師開自己的車送我。駕駛座前，一個小小的棒球選手的吉祥物搖晃不已，那個棒球選手做出打擊的姿勢。

醫院停車場停滿了車，似乎需要花一點時間才能找到停車位。

……妳先去，我馬上就過去。

老師這麼說。當我一個人從窗口探頭時，還不認爲事情有多嚴重……或許是我不想面對吧。

我說出母親的名字，但是醫院人員並沒有告訴我病房號碼。

一名身穿淺綠色行政制服的工作人員，立刻從後方並排的辦公桌和檔案櫃的房間走出來，對著我使眼色。

……跟我來。

我只好一直跟在淡綠色的身後。

……真奇怪……究竟是怎麼回事呢？

我每走一步，心臟就像剛跑完短跑要從胸口跳出來一樣。

我們走在不顯眼、微暗的側邊走道上，那裡有一間叫太平間的房間。

母親就躺在裡面。今天早上，一如往常送我出門上學的母親躺在床上，臉上覆蓋一塊白布。

母親在鎮上一家小公司擔任行政工作，她公司的同事也在等我。那個人有著一副長臉和蓬亂的頭髮。

聽說母親剛開始一天的工作，才站起來便突然趴在桌上。

……不久，醫生趕來了，說是心臟出了問題。

我覺得自己彷彿從遠方看著這一切，非常缺乏真實感。

失了魂的我沒辦法做任何事，母親的同事和老師替我安排許多事。

太平間的後門開著，好讓運送遺體的車能直接開進來。

這是鎮上的醫院，小時候母親曾帶我來過幾次。感冒變嚴重或長水泡時，我總是在候診室邊看圖畫書邊等著看病。那彷彿是前幾天的事。……但是，我卻不知道醫院後面有這種房間，就像在看一個熟知其五官的人的背影。

聽說車子到了，男人倏地打開左右對開的門。從門到馬路之間鋪滿了紅磚，青草從縫隙鑽了出來。不知何時下起毛毛雨，濡濕的磚頭與青草在烏雲密佈的天空下顯得特別鮮明美麗。

停在門前的白色大車倒車貼近大門。彷彿用噴霧器噴水般，車身佈滿細小的雨滴。

「棉被能馬上鋪好吧？」老師問道。

我一時不明白他的意思。原來入棺之前必須讓母親的遺體暫時安置家中。於是我點了點頭。

……老師好像對前陣子發生在社團活動結束後回家路上的事件相當自責，所以才會親如家人地照顧我。

他陪我一起四處向鄰居打招呼，並與葬儀社、寺廟聯繫。我連親近一點的親戚也沒有，要是我自己一個人肯定什麼事也辦不好。

不但如此，老師還陪我處理存摺和各種文件。父親葬在他長野出生鎮上的墓園。老師替我和那間寺廟聯絡，還要了戒名，決定先暫時在那裡替母親誦經。

母親身後第三天，當簡單的喪禮結束，我搭車準備回家時，將裝著母親骨灰的白木罈放在膝上。

我們在附近一家小餐廳開葷食，我向照顧我的人鞠躬道謝，然後回家。

我關上雨窗。

屋外傳來轟隆隆的雨聲。我將母親的骨灰罈與牌位放在葬儀社事先準備好的白色瓦楞紙箱做成的佛壇上。

頭頂上的白色日光燈，將榻榻米的縫隙照得一清二楚。我一屁股坐在榻榻米上，渾身動彈不得。

心裡不斷反覆地想……爲什麼事情會變成這樣？

如果沒有發生那件事，事情大概也不會變成這樣。母親承受不了那件事的打擊。我總覺得自己帶著這種想法一起進了箱子，就像被囚禁在地底的一間小房間裡。

我一直維持相同的姿勢，不知過了多久，雙腿感到疼痛。我像是要虐待自己似的，故意不站起來。這時，屋外傳來聲響。我在雨中聽到從狗屋的方向傳來「咯嗒咯嗒」聲。

……是餅乾在吵鬧。

這兩、三天，我沒心思照顧餅乾。只是敷衍地餵牠飼料，很少跟牠說話。我心想……牠是因此在抗議吧。但是雨下得太大了，沒辦法帶牠去散步。

……別讓我現在還得想這些事，拜託，讓我安靜。

我心想這麼想……我決定充耳不聞。但是越想逃避，聲音就越清楚地傳進耳朵裡。明明雨滴打在屋頂和窗戶上，而且風呼呼地吹，但是「咯嗒咯嗒」聲卻像穿過人群而來的人般朝我撲來。

接著，伴隨著聲響，餅乾……大聲地叫、瘋狂地叫。牠在向我求救，牠在呼喚我。

……眞奇怪。

後來餅乾不再亂叫了。當牠十分高興時，會在我身上摩蹭，舔我的手臂和臉，喉頭咕嚕咕嚕作響。不，即使是在牠小時候……一面亂跳一面使盡全力狂吠時，也不曾這樣瘋狂地叫。

我從榻榻米上跳起來，因爲雙腿痲痺而重心不穩，手撞到了牆壁，月曆掉在榻榻米上，圖釘也從牆上脫落，但我無暇撿起來。

我打開紙拉門，半拖著腳走到玄關，一腳踏進拖鞋，伸手轉開門上的鎖。當我拉開門閂時，感覺有人影從霧面玻璃外跑走。我頓時心生恐懼，趕緊將門閂上，但旋即又拉開。

我將門打開五指寬的縫隙，看到一個跑向屋前馬路的女子背影。

那裡只有一盞路燈，照著昏暗的街景深處。對面人家的絲柏籬笆隨風搖晃，上面的燈光照著葉片散出光芒，而葉子的背面則沒入黑暗中，呈現出明顯的立體感，彷彿無數根深綠色的手指在動著。在這樣的背景裡，我看到一把紫紅色的傘。突然「嗖」的一聲劃破天空，女用傘猛地被吹翻了。女孩像是要抓住飛走的鳥一樣用力抓著傘柄。她一邊抓著傘柄一邊回頭，正好與我四目相接。從她的方向看來，應該只看得到一條影子而已，但是她應該很清楚我從稍稍打開的門縫中偷看著她。

她是兵頭三季。

時間彷彿靜止了。我與三季之間隔著無數斜斜劃過的雨絲。我覺得甚至連雨絲也靜止了。

三季像男孩的眉毛霎時皺了起來，然後動了動嘴角。我……第一次看見她笑。風，呼嘯而過。

# 4

兵頭三季快跑離開，彷彿那裡之前就沒半個人似的。她的身影消失後……我就像將臉靠在鐵欄杆上的囚犯般，從門縫往外瞧。我就這樣佇立在玄關的水泥地上。

……餅乾。

過了許久，我才想到餅乾。

……不會吧？

我頓時怒火攻心。我的腳踩在拖鞋上，甚至沒有穿上。但是，那一瞬間……我連腳邊有什麼都無法思考。

我一打開咯嗒咯嗒作響的玻璃門，便直接穿著襪子衝出濕漉漉的屋外，踩在碎石子上，餅乾的狗屋就在前面，但是我根本不用走到狗屋前。

牠像個大布偶躺在地上，任由粗鐵絲般的雨水拍打。我跪了下來，用手摸著牠的身體。我不敢相信，這個沒有生命的物體竟然就是餅乾……居然眞的是餅乾。

我整個人覆蓋住牠猶有餘溫的柔軟身體，將臉貼在牠身上，嘴巴碰到比雨水更冷的鐵絲。鐵絲緊緊地纏住餅乾的脖子。

在牠嘴巴附近有一塊帶骨的生肉。我不知道餅乾是否想吃這塊肉。

不過，毋庸置疑的是……三季將肉靠近餅乾的鼻尖。然後，她八成就像我現在這樣覆蓋住餅乾，然後勒緊牠的脖子。若不習慣和狗相處，要這麼做或許很困難。但是，兵頭三季就像摘野花一樣，動作自然且輕易地做到了。

那一天對我而言，究竟是個什麼樣的日子啊？莫非她知道那一天是母親的葬禮？這點我無從得知，也不想知道。

我號啕大哭……不停地哭。我被自己濃重的喘息嗆到了，我像是想吐出身體那樣地大叫。雨水從嘴巴灌入又滿了出來。

我想解開餅乾脖子上的鐵絲，但是天色昏暗，而且像是被人搖晃般手指抖得厲害，怎麼也解不開。我如野獸般吼叫。

……我將原本愛亂叫的餅乾訓練成不會叫，我讓牠與人親近……如果不是這樣的話，餅乾應該會叫得更兇吧。牠說不定會對三季吠叫，狠狠地咬她。

這個想法像從天而降的鐵錘般將我打得一蹶不振。

我覆蓋住餅乾、抱緊牠，難以承受的喪犬之痛，讓我放開牠，用手拍打地面，然後抓起濕淋淋的碎石子緊緊握在手裡。

「……媽媽、媽媽、媽媽！」

我的吼叫不知不覺變成了喊著媽媽。

這時我已分不清躺在地上的是餅乾還是母親了。

中場休息

# 旁觀者的觀點

1

「賺到了！」賺到叫道。

他已經告訴主編甲田：「歹徒或許會有動作。」若是做好了打擊的預備，卻揮棒落空，他的面子可就掛不住了。

好戲晚上九點上場。如果時值春季的話，前面的節目會常態性地延後——不用說，這當然是因爲有夜間比賽的緣故。對更動節目表的人來說，在這個時間帶是常有的事。

而且，東亞電視台的晚間新聞十點開始，而九點的綜藝節目是事先錄影、剪輯好的，所以更動節目並不困難。

八點五十四分開始的是迷你新聞，這個節目連線的現場繼續轉播。

目前報導部門正嚴陣以待，這則新聞肯定能用在明天的談話節目。東亞電視台拍下了許多有價值的畫面，令一旁的其他家電視台咬牙扼腕。

「……不過，那傢伙接下來會怎麼做？」

在漆黑中行駛在四周淨是田地的車子，簡直就像海上乘風破浪的船隻。眼前發生的事感覺像是奇蹟一樣。

然而實際上，這裡是現代的日本。歹徒不可能從警方撒下的天羅地網中逃脫。一度被擺了一道的警車和機動部隊，現在正陸續開走，打算繞遠路，搶在歹徒前面一步。

那大概是當地的警車吧……我還看到一道光線以大弧度繞過田邊的道路，風馳雷掣地前進。這輛警車正卯足全力追捕歹徒。若是開在路面坑坑洞洞又窄的田埂上，即使路再直，也開不快。

「……結果大概又有哪戶人家要被歹徒強行闖入了吧。」

然而，附近的住戶當然會注意這起事件，他們大概連雨窗都會關上，不容歹徒輕易闖入吧。一旦情況緊急，應該也會從後門逃走，不至於變成人質。

警方會在歹徒手忙腳亂時追趕上。

這起事件今晚應該就會落幕吧。

「……不過話說回來，眞想出動直升機啊。」

這是身爲專業媒體人的賺到唯一後悔的一點。明明可以拍到日本史無前例的警匪追逐戰，卻白白錯失了……。

「唉，總之非得救出末永。」

他是同期的夥伴，而且是這起大事件的見證人——賺到基於這兩點，祈禱朋友平安無事。

## 2

最早逼近目標的，果然是當地警署的警車。

這部警車盯著歹徒的車，鍥而不舍緊追在後。一開進大馬路，警車立刻縮短了與化為小亮點的後車燈間的距離。用來逃亡的不過是一輛小轎車，就算把油門踩到底，又能跑多快呢？

響個不停的警笛聲來自緊追不捨的警車，以及如收網般從四面八方逼近的車輛。但是，被追的一方徹底利用了小車的優勢，半路轉進令人意想不到的小路。除此之外，對操作剎車和方向盤更是神乎其技；明明是高速行駛，卻能充分利用車道寬度，甩尾彎進半夜無車的對向車道。一邊的車輪幾乎離地，懸在半空中。若一有閃失，大概就會失控翻車吧。

「那個笨蛋，打算去哪啊？」

伊達在離打前鋒的車有點距離的警車上這麼啐了一句。

他的身體大如象，肩膀大大地起伏。他這輩子不曾這麼大動肝火。

白色小轎車在農家間穿梭，開進江戶川河濱的道路。

接獲通知的幾部警車繞道堵住通往橋梁的路。然而，歹徒的車卻穿過農田與草地間如曲線板般的路，爬上夜裡黑漆漆的堤防。追趕的警車已經變成了四、五部之多。

原以為逃亡的車子會在堤防上一路往前開，沒想到它的車燈不久便像掉入堤防另一頭般地滑下河岸。

追趕的警車從高處看到歹徒的車燈正要衝進一片蘆葦中。一旦往下開，地面便更加凹凸不平。實際上車燈確實是劇烈地上下晃動。若是強行前進，枯萎的蘆葦不免會攪進車輪，這一來車子也就動彈不得了。

那麼歹徒便成了甕中之鱉。

幾部警車緩緩地開下堤防。

歹徒的車燈熄滅，繼而消失，車子宛如沉入墨汁中，失去了蹤影。……不久，隨著眼睛習慣黑暗，眼前隱約出現了一個小四方形。

警車一面防範歹徒開槍一面靠近，以車燈照亮白色小轎車。

小轎車的左邊車輪輾過蘆葦，車子在水面上拋錨了。

堤防上的幾部車也開始散開。

3

歹徒對投降的擴音喊話毫無回應。投降的喊話響徹遼闊的天際，只引來愛湊熱鬧的民眾。

在那形如用尺畫出來的清楚的車燈照亮下，那片蘆葦看起來就像一群細長的白色朴蕈。被壓倒的朴蕈前方是白色車子的車尾。

前面一片闃暗。裝飾在遙遠彼端橋上的比聖誕節燈泡更小的燈火就像小圓球般流轉不已，看起來非常可愛。

籠罩著警方的是一股令人不悅的氣氛，因爲在黑暗中他們隱約看到後座左邊靠河川方向的車門開著。歹徒或許已匍匐下車，逃往昏暗的河川。

然而，就算石割會游泳，也難以在冬夜橫渡河川。

比較可能的是——以蘆葦為掩護，沿著河川前往淺灘。

這麼一來，只好以車子為中心擴大包圍。

另一方面，一支身穿防彈背心的隊伍手持盾牌靠近歹徒的車。在旁觀者眼裡，時間慢得令人焦急，警察終於來到車子前面。

果然，左後座的車門被稍稍打開了，而後座地上躺著被封箱膠帶捆綁的末永友貴子。

對於電視機前的全國觀眾而言，她是今晚非看不可的女主角，而攝影機不曾像現在這樣靠近過她。

一名年輕警察輕易地抱起她輕盈的身體。

另一名警察撕下封住她嘴巴的膠帶。他的動作應該很小心，但友貴子還是痛得皺起眉頭。老實的警察剎那間有種不懂得憐香惜玉的感覺。

「末永太太，妳已經沒事了。」

一拿出塞在友貴子嘴裡的東西，她聲音嘶啞但堅定地說：「請你們……救救我先生。」

# 第四部 終盤戰

# 第1章　白國王回顧戰役

## 1

聽妳說完，我只能緊緊抱住妳——我想這麼告訴友貴子，但是當時我還只能握住她的手而已。她心裡對於比握手更親密的事仍深感惶恐。

她之後說得片片斷斷的，就像不完整的拼圖一樣。

……因為隔壁鄰居看到有人淋得濕漉漉的，而且渾身是泥、嗚嗚咽咽地抽搐而覺得奇怪，這才發現了她。

……她對接下來的幾天沒有任何記憶。

……班導替她打點許多事，透過住在關東的朋友，幫她轉到這裡的高中附設補校就讀。

她勉強畢了業，從事現在這份工作。

她說的僅止於此……但是還有一堆令人摸不著頭緒的事。

至於官司結果如何？最後是否以「互相開玩笑」撤銷告訴收場呢？

或許是老師的居中協商，最後拿到了一小筆和解賠償金。她舉目無親，經濟也成了問題。然而，最重要的是，友貴子的精神狀況已經無法承受那種談話。若再繼續下去，她大概會崩潰。

我一面看著別開視線、斷斷續續訴說的友貴子，心裡覺得「這起事件」就像惡夢那麼不眞實。

當然，友貴子所遭遇的不幸應該是眞的。但是兵頭三季這個女孩是否從頭到尾都在一旁觀看呢？她說三季是先回家一趟，半夜再跑出來。

這種女孩會特地回家一趟嗎？友貴子自己也說，自己會不會有「被害妄想症」。她會不會是將發生那麼殘酷的事全怪罪到三季這個人身上呢？

特別是狗那件事我更這麼覺得。好比說，牠會不會只是自然死亡，或是逃走罷了。我總覺得……再怎麼樣也不可能是三季殺死的。

在平和的日本充滿了各種「知識」，人格分裂的問題也是其中之一。若從人格分裂這麼極端的角度來說，或許最後甚至可以說「根本沒有三季這個人」，而是友貴子爲了將難以面對的狀況合理化，在心中塑造出一個憎恨的對象罷了。

但是，我覺得探究事情的眞相並不重要，重要的是友貴子的主觀是這麼認爲的。

友貴子說出了是什麼壓垮自己。

她第一次說出以往不可能吐露的事——這不過是因爲她有了能夠傾吐的對象罷了。

然而，那當然不是說出來就會覺得輕鬆這麼單純的事。

我眞正感受到這一點，是在聽完友貴子說這段往事的幾天之後。

半夜裡電話出乎意料地響起。友貴子在這方面很有禮貌，她從不在我可能睡覺的時間打電話來。她像是從喉嚨擠出聲音地說：「……對不起，你能不能過來一趟？」

光是她又以這種禮貌的說話方式，就足以令我大吃一驚。我急忙趕過去，從門縫中出現了一張明顯失去光澤的臉。這不只是因爲時間晚的緣故。

友貴子讓我進屋，屋裡瀰漫著像在煎藥的獨特氣味。

毒芹素、毒芹鹼……。

桌上放著友貴子疲憊時喝的營養品的瓶子。她對自己的健康好像沒什麼自信，她經常笑著說：「我好像企業家或中年男子喲。」

但是，當時那個瓶子裡裝滿的好像是別的東西。

我心想不會吧。我逼問友貴子，她承認了。

「……我熬煮那種草的根。」

不知道的人，對那種楚楚可憐的白色花朵很容易忽略。其實那種花在關東一帶很常見。友貴子說她搬來這裡之後，星期日都會去散步，她大概是沒有其他消磨閒暇的方法吧。她會避開人潮，在河邊走上一整天。她說她每次散步時發現那種花就會拔下它的根。

毒芹素、毒芹鹼……。

這些字音聽起來輕輕的，但卻令人感到一種無法言喻的可怕。據說這種花的根一旦乾燥了就會變硬，看起來像樹枝。友貴子將根切薄，加水熬煮。萃取毒液只需十分鐘，只要微量就足以致死。這種根經過熬煮便成了劇毒。

友貴子說：「……剩下我一個人之後，我會認眞地想母親和餅乾的事。這麼一想，便會覺得自己現在活在這世上是非常不合理的事。」

「別胡說……」

我不禁像個孩子般用力搖頭。

我可能會……失去友貴子，從未有過的激動撼動著我。我心想，爲了讓她活著，就算犧牲生命也在所不惜。這是眞的，於是我淡淡地告訴她自己的心情。

營養品的瓶子裡，裝著她熬煮的毒液——怎麼會有這麼諷刺的事？友貴子盯著放在桌上的瓶子。她大概數度將瓶子握在纖細的手裡吧。

但是她沒有喝。我想感謝上蒼。

友貴子撲簌簌地掉下淚來。

「……我這樣做或許看起來很戲劇性，但是如果沒有末永先生的話，我覺得自己遲早會喝了它。……也正因爲這樣，我非常害怕……末永先生會不會認爲我煮這種東西是爲了栓住你的一種計謀。如果你這麼想的話，我就是死也不瞑目。」

友貴子宛如掉進陷阱的兔子，腳被鐵鋸齒牢牢咬住，一臉痛苦地掙扎。我覺得她是個聰明、誠實的女孩。

「……所以，如果妳不敢喝，我會很開心。就算妳是認眞的，也沒必要死在我面前。因爲妳已經受了太多的傷。」

友貴子將瓶子放在牆邊。那一晚，她眞的萌生輕生的念頭，向前跨越了前所未有的一步。

我用面紙吸毒液，等面紙乾了再燒掉。但是友貴子不肯將草根交給我。草根乾燥之後，毒性似乎能維持相當長的一段時間。

她想留著。但是，她發誓沒有我允許，她不會喝下毒液。當然，我不可能允許她那麼做。但是，她要我讓她保有草根。

一個人內心的狀態是很微妙的，如果那能使友貴子精神穩定，我也只好同意。就算我使蠻硬搶，只要友貴子願意，還是可以從野外採來。

接下來，只要她將草根藏在某個角落，也藏在記憶深處，讓這件事過去就好了。反正時移事易，生活的地方也改變了。這樣就夠了，無需任何言語。

因爲我覺得一旦友貴子說出過去的事，她的身體就會隨著她的聲音化作水，漸漸開始溶化。

後來，我們努力成爲一對普通的男女朋友，因著無聊的話題而大笑，重覆一次又一次平凡無奇的約會。

距離目的地只剩一道陡坡，我不禁一股作氣像是衝上斜坡般地與她結爲連理。

我很開心。

## 2

平凡的日常生活當中，內戰或虐殺事件感覺就像遠方颳起的一陣風。

友貴子告訴我的過往，可以說是她人生的第一部。但自從我們邂逅以來，變成了封面截然不同的另一本書——我開始這麼認爲。不，與其說是第一部，倒不如說是一本內容迥異、遭人丟棄的書。

但是，前一陣子休假時……。

當我將下半身鑽進暖爐桌睡覺時，電話響了。

「……喂。」

從走道上傳來友貴子的聲音。

她拿起二樓的子機抵在耳朵上，朝我走來。

如果是賺到，大概會拍手打著節拍唱道「我等好久了」，然後跳起來吧。因爲我不是事件組的負責人，所以只是在腦子裡這麼想像那個畫面。

然而，友貴子似乎直接掛上話筒，然後走去廚房。

我一副沒睡醒的聲音問：「……誰？」

友貴子微微歪著頭說：「對方掛斷了。」

打錯電話連聲抱歉都沒有的情形並不罕見，所以我並不特別放在心上，直接將頭靠在對摺當作枕頭的座墊上。

「我去買東西。」

友貴子說要去大型超市，因爲冰箱沒有存糧了。

我們也可以像一對感情融洽的夫妻，出雙入對地出門購物……但是當時我很睏，於是隨口應了聲「好」。友貴子將毛巾被蓋在我胸前。

耳邊傳來車子開走的聲音。

諷刺的是，這麼一來我反倒睡意全消。我沒有起來，仍然閉上眼睛。一樣的座墊，一樣的空氣，但是，一旦少了友貴子，便頓時變得冷冷清清。剛才那股強烈的睡意彷彿是騙人的。

我睜開眼睛。

乾脆喝杯咖啡吧。

當我這麼想時，電話再度響起。沒有其他人會接，我只好從暖爐桌爬起來。兩通電話接連響起，我心想大概又是打錯的，然而又不能不接。

我將話筒抵住耳朵：「哪位？」

對方隔了一會兒，好像在思量我話裡的涵義，然後說：「末永先生嗎？」

「我是……」

「你是友貴子的……先生？」

說話的是個嗓音稍低的年輕女子。這個比喻很奇怪，但她的聲音就像是從懸崖底傳上來的。

「……是。」

當我回答的那一剎那，背脊因爲某種預感而顫抖。或者，是因爲心中霎時湧起那種想法的緣故，才會覺得對方的聲音透著不祥。

「我有東西想寄給你。」

這句話很詭異。我將話筒貼在臉頰上，想了一下說：「……妳是兵頭小姐嗎？」

3

「……是的。」

隔了半晌，耳邊傳來她肯定的回應。

但她的語調並沒有因爲我叫出她的姓氏而顯得驚慌。

給人的感覺像是：「這樣啊，友貴子全都告訴你啦？這樣的話，她應該好很多了吧？」

換句話說，她的沉默是在推測友貴子瘋狂的程度。

「剛才的電話，也是妳打的嗎？」

「對。」

「妳沒有出聲，是嗎？」

「嗯。」

所以友貴子才會面不改色。我心想，至少暫時得救了。光是聽到兵頭三季知道家裡的電話，就不曉得她會有多害怕。

總之，我只好說服兵頭三季。

「我不清楚眞相如何，但是，友貴子……怕妳。她非常怕妳……」

「你是要我別再打電話來嗎？」

「不好意思。」

她冷冷地說：「……就算想道歉也不行嗎？」

寒氣從地板慢慢傳了上來。我急著接電話，連拖鞋也沒穿。

「我這樣說非常失禮……但是如果妳有心道歉的話，我希望妳別打擾她。」

「……我暫時不會打擾她。」

「嗄？」

「就像我剛才說的，我有東西想給你看。」

「……」

「我會郵寄過去，請你留意。你聽好了，如果你擔心友貴子的話，記得別讓她看到。」

她連再見也沒說就掛上電話。

我覺得很沒有眞實感，但是她的聲音確實在耳畔迴繞。

幾天後，我收到三季寄來的信件。當我下班回到家時，看見一信封放在玄關的鞋櫃上。信封上的收件人是以文書處理機打字，但是沒有寄件人的名字。所以我直覺那是三季寄來的。上面蓋的是靜岡的郵戳。

我不特別感興趣，任憑信放在那兒。但是，我和友貴子聊天時卻心不在焉。

當我去廁所時，一把拿起信，在廁所裡拆開，從手上的觸感便猜得到信裡的東西。果不其然是照片。當我看了第一張照片，便明白友貴子身上曾發生過何等殘酷的事。

三季沒有將照片寄給友貴子。她如果寄給友貴子逼她付錢，那就是恐嚇。然而，三季不但在電話中沒有出聲，連信封上的字也特別用心。

三季說：「……記得別讓她看見。」

當然，這並非基於善意，而是爲了避免寄來的包裹被友貴子拆開。三季想要確實地寄到「丈夫」手中——她想玷污、切斷友貴子好不容易抓住的感情。

我不曉得她是怎麼打聽到住址。但是，唯一的可能就是友貴子的老師。三季可能以「無論如何都想向友貴子謝罪」爲藉口，拿到她的聯絡方式，除此之外別無可能。再極端一點，三季說不定翻找老師的信箱，抽走了友貴子寄去通知近況的明信片。或者連友貴子結婚後遷移的住民票(譯註)都調查了也未可知。

不會吧？

對了，當我聽友貴子談起她的過去時，也是不敢置信。那種不敢置信的感覺就像身處在平和的世界裡，昨天還是鄰居今天竟互相殘殺一樣。

若是三季就有可能這麼做，不，她肯定會這麼做。這種內心的景象具體地化成了人形，而且可怕的是，它存在過去、現在與未來。

上天爲何容許它橫行霸道呢？

當它使人飽受屈辱與痛苦，或想奪走無可取代的性命——對當事人而言，等於整個宇

譯註：日本針對市（區）町村的居民，以個人為單位，記載姓名、出生年月日、性別、家庭成員、戶籍地、住址等項目的單據。

宙、獨一無二的生命——時，有多少人如此吶喊呢？

三季眞有其人。

她爲何想逼瘋友貴子呢？

非洲國家有許多人因爲種族對立而慘遭虐殺。據說那些國家，流傳著將民族分成優越與卑下兩類的神話。神明制定出這種權力結構，換句話說，有的人可以任意殺人，而被殺的只能自認倒楣。

即使要極力消除這種「神話」，似乎也很困難，因爲人們願意相信神話。

三季心中應該也有這種神話。若是相信神話，「普通」人也可能變成三季。

## 4

下一次電話不知何時會打來。三季成功地「將那一晚的照片寄到友貴子的丈夫手上」，下次她應該會直接對著友貴子說話吧。

我首先能做的是換電話號碼。我試著前往附近的電信電話公司，手續出乎意料地簡單。一名臉頰豐滿的大嬸客氣地招呼我。我註銷舊號碼，從她給我的三組號碼中選出一組。當然，我拜託她往後即使有人查我家號碼也別告訴對方。

接著，我考慮前往友貴子生長的城鎮去見三季。但是，我該怎麼說才好呢？

我不能報警。三季只是寄照片來，並沒有出言恐嚇。那件事應該已經以某種形式落幕了，舊事重提才是友貴子最害怕的。

三季會不會以寄送照片的方式來結束這一連串的事情呢？這也不是不可能。

「搬家吧？」

我這句話是在事件演變成今天這般田地的幾天前說的。如果就在那天搬家的話，事情就會截然不同了。

「嗄？」

友貴子一臉不可思議的表情。

「呃……住在鄉下還是有很多不便。我想要不要在東京租個公寓。」

「因爲工作的關係？」

「嗯，是啊。」

「可是我喜歡鄉下。」

「嗯。」

「這裡是純先生從小生長的地方，對吧？」

友貴子結婚之後就叫我「純先生」，有時則叫我「阿純」。

「……嗯，算是吧。」

「這樣回答眞奇怪。」

確實，當被問到「這裡是你的故鄉吧」，哪有人會回答「嗯，算是吧」。

當時，搬家一事就此不了了之。我工作也忙，一轉眼又過了兩、三天。

我從昨天開始忙著剪輯，一直到凌晨兩點多。之後和編輯們到電視台附近小酌。這正是都市與貧乏鄉下不同之處，即使到了三更半夜，東京依然有店家營業。

喝了酒沒辦法開車回家，所以在休息室小睡一下。

之後又因爲一些雜事而耽擱，回到家已經快中午了。

天氣雖然晴朗，上午風倒是挺大的。回家的路上，家家戶戶陽台上洗好的衣服像跳舞般隨風飄盪。

5

友貴子平常若是聽到車子開進車庫，都會出來迎接，但是，今天卻沒有任何動靜。

她出去買東西了嗎？

我一面這麼想一面朝玄關走去。

天空經常發出像大海轟隆作響的聲音。我站在玄關前，聽到轟隆聲不禁轉頭，一轉頭便嚇了一跳。

這是一間老房子，房子外面有簷廊和擺放鞋子的石板。那裡有房子擋住風，適合曬太陽。令人懷念的陽光灑落一地。

友貴子就在那裡。

然而，她並不是在那裡曬太陽。她的樣子看起來不尋常，頭無力地低垂，腳尖勉強踩在拖鞋上，坐在石板上。

一股淡淡的香味從敞開的玻璃門飄散出來，這是我曾在友貴子住處聞過的藥味。在不知情的人看來，友貴子穿著厚襪子的腳前不過是放著隨處可見的東西罷了——營養品的細長瓶子。

我霎時閉上雙眼，然後緩緩睜開。

走廊的玻璃門半敞，一隻冬天的拖足蜂像模型般靜靜地停在那片透明的玻璃上。

「……友貴子。」

我試著喊她的名字。然而，友貴子一動也不動。我彷彿像是站在一幅與她一樣大小的畫前，眼前的景物顯得異常的扁平。

我差點失聲驚叫。我走近友貴子，一屁股坐在地上拿起那個瓶子，透著陽光一看，裡面裝滿至瓶口。瓶身摸起來微溫，裡面的東西似乎是剛從手提鍋倒進去的。蓋子也緊緊地蓋上。

「……對了……友貴子，我沒有允許妳這麼做喲。我絕對不會允許妳這麼做。」

我將瓶子放進口袋，手搭在友貴子身上搖晃她。她這次立刻有了反應，感覺像是從睡眠中被人吵醒。她像突然探出水面般地抬起頭，詫異地看著我。

「怎麼了？」

「……嗄？……」她反問我。

「妳不知道嗎？」

「……嗯，」友貴子一副不可思議的模樣環顧四周。「……我……一直坐在這裡嗎？」

她說到一半，我猛然注意到，我像是看見了一團熾熱的火焰，友貴子的右手指尖微微染紅。

「妳大概是站起來的時候頭暈吧。」

我隱約明白她發生了什麼事。然而，友貴子若是喪失了那段記憶，那眞是太幸福了。

我不動聲色，拿出手帕和面紙，打開屋外的水龍頭，將手帕沾濕放在額頭上一下，再擦拭她指尖上的紅色液體。液體的量不多，手帕擦過再用面紙擦乾，幾乎就看不出來了。

友貴子就像個玩泥巴弄髒手讓人替她清洗的小孩般任我擦拭。

「來，站起來。」

友貴子聽我的話站起來，我替她拍掉身上碰到石板處的砂粒。當我的手一碰到她的身體，她立刻抿緊唇形優美的櫻桃小嘴，露出羞赧的神色。友貴子彎腰，雙手繞到背後，一面拍掉砂粒，一面微微抬頭看我。

我拿她沒轍，只好抱緊她，友貴子的身體就像特意爲我的手臂訂作似地大小剛好容我一抱。我將臉靠近她抬起的臉，吻她的唇。

我一用右手掌心托住友貴子的後腦勺，原本無力的那裡迅速充滿生命力。友貴子稍稍離開我的嘴呼吸，聲音嘶啞地喊「老公……老公」而不是純先生或阿純。我的身體反被一股驚人的力量抱住。

我來回撫摩她的手臂、肩膀和背部，就像要確認友貴子是否在眼前一樣。

## 6

我要幾乎恢復正常的友貴子上車。她雖然一臉狐疑，仍乖乖順從。因爲她知道發生了不尋常的事。

我讓她坐在後座，然後從擺放鞋子的石板處進屋。右手邊的一疊報紙倒塌了。平常累積到一定的量就會用繩索捆綁，那些是還沒綁的報紙。魚、肉特價的廣告在鉛字間格外顯眼。簷廊沒有異狀。我走去廚房，將手提鍋放在爐子上。鍋裡殘留著像是變黃的木屑和濃郁紅茶的汁液。我用餐巾紙吸乾，放進塑膠袋裡，這些遲早必須銷毀。

我到房間檢查，最後以「U」字形繞到玄關。

這時，我看見了——如果是從玄關的地方進來，她正好就在眼前。我自己也無法想像，若是在毫無心理準備的情況下看到這個景象會有何反應。

一名年輕女子雙手擺出投降的姿勢，臥倒在樓梯口。她身穿灰色襯衫、長褲，兩條腿各向外彎曲成「く」字形，看起來像是在原地跳躍。老實說，那個樣子很滑稽，但是這樣反而令人害怕。

她因爲趴在踏墊上所以看不到臉，短髮披散開來，頭頂明顯遭到重擊。

一支玻璃花瓶倒在她身旁，那是梶原送的結婚賀禮。

那支花瓶價値不菲，沉甸甸的，不是可以拿起把玩的。梶原說這是義大利玻璃藝品產地的作品。

瓶身是深青綠色，質地並不像玻璃這兩個字給人的印象那樣脆弱。若是砸在腳上，大概會被砸成重傷。

現在正値百花凋零的冬天，所以沒有插花。然而，因爲花瓶外觀漂亮，所以擺在玄關當裝飾。

而花瓶的另一側，從一名年輕女子——她是誰不言而喻——三季垂下的右手指尖，不祥的照片就像魔術師撒下撲克牌般散落一地。

我想過她或許會來，果然應該立刻搬家才對。我後悔沒有帶友貴子到別處去。然而，這時就算悔不當初，也爲時已晚了。

我明白發生了什麼事。三季現身拿出照片，告訴友貴子：「妳丈夫看過這些照片了。」她是「魔鬼」，無論我們逃到天涯海角，她也會如影隨形地追來。

坐在樓梯口的魔鬼——茫然佇立的友貴子低頭看著她的頭，從一旁的櫃子上拿起花瓶往三季的頭砸下。

殺意，不，一半應該是出於反射動作，友貴子應該已經無法思考了。諷刺的是，友貴子那一瞬間的行爲正中了三季的下懷——友貴子「瘋了」。她在激動的情緒下，成了無法思考的機器人。

那或許只是一、兩秒鐘的事，讓低頭排放照片的三季閃避不及。若舉起質地堅硬的玻璃容器用力擊下，其殺傷力不下於一把鐵鎚。三季似乎被四角形底部的角擊中，當場頭骨碎裂，失去意識。

接著，友貴子想要懲罰自己，走到廚房重複以前做過的事。她像以前那樣熬煮白色花朵的根，一樣將萃取的毒液裝進瓶子裡，然後走到屋外，坐在踏腳石上，因爲無法負荷巨大的壓力而神情恍惚。

花瓶大致上沒什麼損壞，只是倒在地上，有好幾處缺損，碎片的形狀像是雙殼貝。三季流血不多，玄關踏墊上只沾了少許的血。

「好，收拾善後吧。」

我姑且這麼說。

我不想報警。雖然友貴子肯定不會被判重刑，但是光要帶友貴子去偵訊，就令我不寒而慄。到時不曉得她的情緒會變成怎樣。

就像罩上了一層白色床單，友貴子忘了方才發生的事。這大概只能說是不幸中的大幸。

我想讓她以爲「什麼事也沒發生」。

這樣有什麼不對呢？

若是打個比方的話，友貴子就像在戰場上失去所有、哭天喊地的孩子。

所以我要讓她以爲「什麼事也沒發生」。畢竟，那是——「不能發生的事」。

## 7

我在內側的六張榻榻米上鋪了報紙，將三季搬到上面。

她和友貴子同年，體型也相仿。但是，坦白說，抱她的感覺恐懼大於同情。

我總覺得自己從近處盯著從這個身體挖出來的「心」，心想，三季或許隨時都會站起來，口吐污泥般的污言穢語。

我將玄關踏墊揉成一團，撿起地上的幾片玻璃碎片，裝進小塑膠袋，將照片收進口袋，鎖上門回到車上。

友貴子靜靜地等著我。

我將拿在背後的踏墊和塑膠袋放進後車廂。

「讓妳久等了。」

我上了車盡量以平常的語調說道。

「你怎麼了？」

我一面發動引擎一面說：「等一下再告訴妳，我希望妳現在配合我。」

我直接載友貴子到鄰鎮的旅館。

我需要時間處理三季，打算讓友貴子至少在旅館待一晚。

我手機不離手，因爲不曉得電話何時會響起。我希望友貴子待在我能聯絡上她的地方。

好，接下來該怎麼辦呢？

回程的路上，我一邊握著方向盤一邊思索。對任何事情，我都不討厭思考、執行的步驟……。

兩點了。我原本是打算和友貴子一起在家吃午餐的，但是現在不是吃飯的時候，況且我沒有沒人性到在這種時候還有食欲。

渾身疲憊不堪，唯有腦筋十分清醒。母親的老家位在栃木山區的一個村莊，我小時候經常去。沒想到最近因爲陪客戶打高爾夫球去了那一帶，在回程的路上，我心生懷念進入了山區。那裡有幾個埋藏三季屍體暫時不會被發現的地方。那裡不同於北海道或東北地區，應該不會有積雪車子進不去的問題。

我思考著執行的步驟。

快到家時，心臟發出悶響——砰、砰、砰。

心臟發出緊張的訊號。

豈有此理，警車竟然包圍我家。我的身體不由自主地僵了起來，心想——難不成萬事休矣？

這會成爲一起「大事件」嗎？

如果上報的話，友貴子會變成怎樣呢？

不過，我仔細一看，發現情況有異。好幾部車遠遠圍住我家，這很奇怪。再說，我明明上了鎖，誰會發現屍體呢？

於是我打手機，才了解事情的原委。然而，當時石割一時說不出話來。

「夫人……看起來才二十歲左右吧？」

他沒發現，這也是理所當然的。若是說到小倆口自己住，肯定會認爲家中這個年紀的女人是「夫人」。石割害怕警方攻堅，於是立刻利用了那個「夫人」的身體。他抱住她，從窗戶讓警方隱約看見，讓警方認爲他手上有人質。

這時，我腦中浮現驚天動地的「執行步驟」。

——或許能夠讓兵頭三季消失。

假如這是一場「我們」與「輕蔑我們、想要奪走我們性命的人」之間的二對二戰役，棋盤上的黑皇后正是兵頭三季。

如何解決最可怕的棋子？如何消除後果不堪設想的事？這便是這場戰役的決勝關鍵。

# 第2章　白國王的殺手鐧

1

我的右手邊可以看到繞了一大圈追來的警車車燈。天氣從下午開始轉陰，這對我有利。天色陰暗，地面也跟著陷入混沌的黑暗中。而且水田邊的馬路沒有路燈。

我記得神社那一帶的地形。

道路彎曲成弓形處，有一條算不上參拜路線的小徑。即使如此，還是有看起來像貓的石獅子坐鎮，而一旁有杉木。

石獅子對面還有一條通到後方的幽微小徑，但不顯眼。

這時，石割不再咯咯地笑。

「喂、喂！等一下，要撞上了！」

一部小轎車撥開細竹，從「一旁的小徑」衝出來。

對方沒有開燈，就像什麼東西從黑色袋子裡爬出來一樣。若無心理準備，大概會被嚇得驚惶失措吧。

衝出一部和我們猶如雙胞胎的白色轎車；那輛車加速駛近，在與我們會車的同時開燈。

我們反倒在那一瞬間熄燈，滑進小徑。

一個急轉彎，在這一剎那，應該連光速都會自然減速吧。更何況有幾棵樹遮住我們，遠方的警車要察覺兩輛同款的車調了包應該很困難。

我們的車子在小徑前行駛一陣後停下來。眼前這一帶很有日本神道教、佛教合一的味道，在水田上高起的正是墓地。

我們沒開車燈，不過，正前方沒有建築物，一片空曠。雖說是黑夜，但是天地的亮度不同。看得出來模糊的V字形剪影底部是一條小徑。然而，最好小心駕駛，要是衝過了頭刮傷輪胎或拋錨，可就前功盡棄了。

我從駕駛座回頭看後面的路，石割也將臉貼在車窗上看著外頭。兩部警車鳴著警笛，像大肆咆哮的野獸般駛過。

接著就像什麼也沒發生似的，只剩黑夜。

石割大大地喘了一口氣，從喉嚨擠出一句蠢話：「……他們跑掉了。」

「應該吧。」

四周充斥著警笛聲，但聲音確實漸漸遠去。石割轉頭看著我。

我感覺他的肩膀放鬆了下來。接著，他問：「那傢伙是誰？」

他指的是突然衝出來，當我們替身的那部車。如果他不覺得不可思議那反倒奇怪。當然，開車的人是友貴子。

「我的夥伴。」

石割的頭在黑暗中輕晃。

「你的女人嗎？」

「嗯，算是。」

「你為了她，殺了自己的太太？」

我必須讓石割認為我也是殺人犯。

「我們是夥伴。」我姑且這麼回答。

石割點點頭。

「那傢伙逃得掉嗎？」

「應該逃不掉吧。如果出了大馬路，寡不敵眾，這場比賽就結束了。」

「那怎麼辦？」

「這附近有一條江戶川，她熟知這一帶，穿過小徑就是堤防，到了堤防應該就安全了。」

我和友貴子去過江戶川好幾次。常由她開車，所以她很熟悉那裡的路況。

就像接龍般，友貴子接棒的車一路尋找水源朝河川而去。

「她一到河邊大概就會被逮捕吧，至少在那之前要把握時間。」

「你要幹嘛？」

「我貼了封箱膠帶，要先撕下來。要是這樣一直開下去，半路上一定會引人懷疑。」

「什麼……你說什麼？」

光是這麼說，沒人聽得懂，但是我沒時間慢慢解釋。

「待會兒再跟你解釋。總之，現在是和時間賽跑，不能拖拖拉拉。」

寒氣襲來。

現在是冬天，所以不必擔心雜草和蟲子。但是兩邊的植物異常茂密。在黑暗中，根本分不出顏色，說不定有許多葉子就像枯黃色的薄紙。

我繞到車頭，用手摸索著撕掉封箱膠帶。指尖凍得發疼。

我回到駕駛座發動引擎，打開暖氣。因爲是小轎車，我想盡量減少引擎負擔，方才一直沒開暖氣。

眼看逃脫有望，石割反而變得步步爲營。他問道：「已經安全了嗎？」

「還不能掉以輕心，我們得快點離開這裡。」

如果友貴子按照預定的路線前進，應該就不會有追兵追到這裡。大家大概都往江戶川那邊去了吧。

我依舊沒有開燈，慢慢地開下坡。石割留意後面。我確認後面沒有追車才打開車燈。

然後車子開上柏油路，朝和友貴子相反的方向開去。沒多久便接上國道。卡車、廂型車、年輕人、攜家帶眷——一般車輛如常行駛。石割似乎這時才眞正感到自由，原本像個躁症病人的說話方式，此刻也平靜了下來。

「眞巧，你們有兩部一樣的車。怎麼弄來的？租的嗎？」

「向朋友借的。」

正確地說，現在開的這部是朋友的車。

石割認爲這是爲了逃脫的計策。這很傷腦筋，因爲我想讓警方認爲車就只有「一部」。所以被警方追緝的車必須是「我家的車」。當然，沾有血跡的踏墊和花瓶碎片已經移到這部車上了。

梶原還介紹我附近的特價店家。包括園藝用品店和酒店，還有車——在他換新車時，我也買了同款的車，老闆以非常便宜的價錢賣給我。

我之所以想到這個戰略，也是因爲有此一「要素」的緣故。而我之所以前往梶原家，也是因爲想向他借「這個」。即使如此，直到最後一刻我才記得開口跟他借。如果等他出門了，我才開始找車鑰匙的話，可就累人了。撇開浪費時間不說，要是最後沒找到的話，一切就沒戲唱了。

「你朋友眞夠義氣。」石割諷刺地慢慢說道。

我漸漸感到疲勞，將頭和背靠在椅背上。

「你可以睡一會兒。」

「說什麼蠢話。」

「你信不過我嗎？難不成你認爲我現在還會跑去報警？」

「這……你很難這麼做吧。」

石割轉而看著膝上的三季，他的眼神變得迷濛。

「不過，開了一段路之後，我就會停車。你可別偷襲我啊！」

「停車？」

「嗯，我有事要辦。這部車我動了手腳，非得復原不可。」

「什麼意思？」

「車牌號碼啊。」

「……」

「雖然是同車款，但是還是可以從車牌號碼區分出來。如果在追緝的途中，被警方發現的話就完了。」

「你換上黑牌嗎？」

「我沒閒工夫做那種東西，但又不能用奇異筆寫在紙上。」

石割一臉想將頭探出行駛中的車外一探究竟。

「那……你到底做了什麼？」

「小轎車的車牌號碼和一般車不同，能夠輕易地更換。警方追緝時看到的是車尾的號碼。」

「原來如此，你拆下車頭的車牌，裝在第二部車的車尾，對吧？」

「沒錯。」

這就是梶原出門後，我用螺絲起子動的手腳。我將自家的前車牌，裝在梶尾的車尾，然後開他的車。

換句話說，這台車前後的車牌號碼不一樣。

我原先擔心在半路上會被封鎖線的警方察覺。但是，在這種慌亂的時刻，警方會去注意不是歹徒的車才怪。

「你眞聰明。」石割話說到一半，偏著頭問：「那車頭怎麼辦？」

「用封箱膠帶貼起來。」

「啊，剛才撕掉的那個啊。」

「沒錯。九點開始行動時，我用封箱膠帶貼住這部車前面的車牌號碼，另一部車則是在拆掉車牌的地方貼上封箱膠帶。」

兩部車的外觀相同。事後就算比對錄影畫面，大概也看不出兩部車調過包。

我希望石割將這想成——爲了逃脫，車牌拆到一半時，由於時間緊迫，所以用封箱膠帶遮住。雖然這種解釋有點勉強，但其實並不重要。

車頭貼著膠帶，車尾的車牌號碼一樣。而且兩部車的後車窗全以報紙遮住。這是爲了不讓警方看見車內的情形——總之，最重要的是讓警方認爲是「同一部車」。

## 2

我從梶原家打出去的電話當然是打給人在飯店的友貴子。

她也認爲發生了什麼天大的事。那件「天大的事」，在短短的時間裡變了樣。

「妳聽好了，因爲沒時間，我長話短說。」我劈頭就這麼說。

事情順利的話，車在九點多會到達神社。我們家的車在梶原家，車鑰匙插在車上，妳開那部車來調包。到時警察會追上妳，妳要設法逃到河岸地。

我像連珠砲似地詳細說明。

「警察？」

「沒錯。事實上，我們家被殺人犯闖入了。」

友貴子一時語塞，這也難怪。但是，我進一步說明。

「還有，警方認爲妳被殺人犯挾持。」

「……我？」

友貴子大惑不解地說道。

「嗯，要逃走的是我和闖進我們家的殺人犯，警方在追我們。當妳開車下到河岸地時，應該會被警方包圍，而『我和殺人犯逃往河邊或河裡』。」

「那我呢？」

「妳繞到後座，假裝昏迷。我在車上準備了封箱膠帶。妳用膠帶先纏住嘴巴和雙腳，最後纏住手腕。警方如果問妳話，妳就說自己一直被當成人質，不用多說。妳只要表現得驚魂未定、什麼都不知情就好了。爲了避免方向盤上被驗出指紋，我還準備了手套。」

友貴子「咕嘟」的嚥下唾液。

「老公……你做了什麼壞事嗎？」

我斬釘截鐵地說：「沒有，說來話長。反正妳假裝被當成人質就是了。」

友貴子打斷我的話，激動地說：「什麼都不用解釋。只要你沒做壞事，這就夠了。我從你的聲音聽得出你的心聲，非這麼做不可，對吧？對你而言，這件事很重要，對吧？」
友貴子面臨要幫忙我的局面，反而變得比平常堅強好幾倍。
「非常重要。」
「既然這樣，什麼事我都肯爲你做。不過，讓我確認一件事……」
「什麼事？」
「你會不會有危險？」
「這個嘛，多少會吧。」
「可是還是要做，是嗎？」
「嗯。」
友貴子堅定地說：「千萬別死！」
她的語氣並不哀傷。就算這一瞬間結束生命，她也毫不畏懼。她不顧自身安危，肯爲我犧牲。但是，我想我不會死。
「嗯。」
我握著話筒，點了點頭。如果我死了，友貴子也會陪我共赴黃泉。

## 3

我對石割說：「總之，我把你救出來了，所以你得幫我解決『那傢伙』。」

石割像是孩子拿著玩具般，將三季的頭放在膝上。

「你打算怎麼做？」

「我大致想好了掩埋的地點，後車廂還準備了單輪車和鏟子。」

這些也是從喜愛園藝的梶原家借來的。

「你很冷靜嘛。」

「因爲不到車子進不去的地方，掩埋屍體就沒有意義了。不管是搬運或挖洞，一個人都很辛苦。」

石割彷彿光聽都嫌煩地說：「那種東西，隨便找個地方丟出去就好了。」

我毫不理會。

「那你打算怎麼樣？」

「我幹了這麼多壞事，早就做好心理準備。我要找個地方，轟轟烈烈地再幹一場。」

「你這次眞的會被逮捕喲。」

「在那之前，我會自我解決，我會將最後一顆子彈留給自己。」

石割想一死了之，而且還是再幹一場之後。

我見過被石割奪槍殺害的人的妻子，與她聊到了花。當我看到她的臉時，便下定了決心。現在，我的決心更加堅定。

……毒芹素、毒芹鹼。

我想警方應該不會檢查他的身體，爲了愼重起見，我撿起了事先放在腳邊的營養品的瓶子。

現在瓶子就在我的口袋裡。

## 4

破曉時，我看到一家便利商店。停車場有空位，我用力轉動方向盤開了進去。

「你要買東西嗎？」

「嗯，我從一早就幾乎沒吃東西。」

石割沒有催促我。我拿了兩個鮭魚便當，走到收銀台前的櫃子，一副在挑東西的樣子，從並排的營養飲料中，儘可能挑不知名的，也買了兩瓶。換句話說，是一般人不知道的飲料味道。

我在收銀台旁喝下一瓶半。店員和兩、三名客人對我的舉動完全不感興趣。我將友貴子的那瓶倒進剩下的那半瓶，充分搖一搖之後走出店外。

「你很慢喲。」

「抱歉，因爲我在喝這個。」

駕駛座的正前方有飲料架。我將空瓶子「鏗」地一聲放在架上；另一瓶就像剛打開那樣轉緊瓶蓋，放在空瓶旁。

「我口乾舌燥。」

說完，我將鮭魚便當遞給石割。

「這是什麼？」

「飯啦。便利商店還好，我沒勇氣走進美式餐廳。」

「沒有好吃一點的東西嗎？」

「有得吃就該偷笑了，還挑。」

我將手伸進副駕駛座底下，拿出螺絲起子和車牌。

石割錯愕地問：「喂，你打算在這裡換嗎？」

「嗯。」

「別鬧了，會被看見的。」

「我看起來應該像在檢查車況。」

「可是……」

「吃你的飯，我一分鐘就好。喔，不過話說回來，好渴啊。」

我故意不叫石割「喝飲料」。

我繞到車尾。車子停在以L形環繞便利商店的停車場最內側，所以不至於「會被人看見」。

雖然天色昏暗，但這並不是什麼細活，只是拆下自家車的車牌。螺絲頭有「一」字形和「十」字形螺絲起子兼用的刻痕，但是相較之下，還是大型的「一」字形螺絲起子比較順手。拆車牌是輕而易舉的事。車牌的固定方式會因車種而異，一般轎車可沒那麼簡單，通常有防盜裝置。就這點而言，小轎車就沒有這個麻煩。

我將事先準備好的原車車牌靠在車頭上，鎖上螺絲固定。或許說「一分鐘就好」太誇張，但是不超過兩、三分鐘就大功告成了。

我回到車上，發現石割沒有吃鮭魚便當，但是握著飲料瓶皺眉頭。

「眞難喝。」

我打開便當薄薄的塑膠蓋，一面掰開免洗筷一面說：「好喝的話大概就不會覺得有效了吧，畢竟那是藥品。」

「眞的有一股藥味。」

「眞奇怪，難喝或貴的反而賣得好。」

石割或許是耐不住口渴，或想提神，喝光了一瓶難喝的飲料。他像個有禮貌的孩子，將瓶子倒過來遞給我，他說：「你要吃那個啊？」

「嗯。」

「趁你吃飯的時候，我去買東西去去嘴巴裡的味道。」

「你要去買什麼？」

「熱咖啡之類的吧。」

「說不定你的大頭照已經在電視上曝光了，最好別出去。」

「那裡……有自動販賣機吧。」

「等一下，我去替你買。」

「……是喔。」

石割緩緩地回答，他好像有點口齒不清。我總覺得時間也變得緩慢。

我將薄薄的鮭魚片放進嘴裡咀嚼，完全沒有味道，但我硬是吞下了。

石割突然像是在拿抱枕一樣，雙手將膝上的三季拉向自己，然後筋疲力盡地閉上雙眼，輕輕地將臉靠在她的頭上。

他們就像一對前世注定的情侶。石割彷彿在三季耳畔輕聲細語，他放在三季背上的手微微地痙攣。

之後，兩人就像是在油中移動般，緩緩地癱在座椅上。

不久，我清楚地聽到他上當睡著的鼻息聲。

……毒芹素、毒芹鹼。

一想到因為石割而斷送生命的受害人無限的悔恨與苦悶，我終究還是說不出口要石割安詳入睡。我覺得那樣做是對往生者的一種冒瀆、背叛。不過，石割若有來生，我祈禱他下輩子要成為拯救相同人數的聖人，為這輩子贖罪。

我走出車外，依約買了熱咖啡。手中的熱咖啡燙得幾乎要燙傷人。我頂多只能供上咖啡作爲祭品。

我動作得快一點。我必須埋葬三季和石割，將車子還給梶原，然後去找警方，告訴他們石割被河水沖走了，生死未卜……。

我只好聲稱，我救不了他。我只想像錄音機般，反覆這樣簡單的回答。

有些事必須受到制裁，給予罪犯懲罰。可是我並不認爲無論是誰，我都有權利這麼做。但是事實上我還是動手了。或許這就證明了我的心中確實存在著三季和石割。一想到這一點，我的心就難以承受。

不過，友貴子應該會獲得任何一位神明的原諒，否則就是神明的錯。我和她一起行動，就這一點而言，我們以任何人都辦不到的形式心靈相繫。

即使這是自欺欺人，我也願意這麼相信——只要相信，我就能活下去。

我仰望天際，天色深沉無比。

但是到了明天，或許獵戶星座在繁星也爲之凍結的夜空中，會射出格外鮮明耀眼的光芒。

第五部

# 戰役過後

## 白皇后的夢

老公。

我被送進醫院，所以現在躺在病床上。

警察坐在一旁的椅子上，問了許多問題。

我依照老公的交待，和離開飯店前在電視上看到的內容編造故事。即使沒有天方夜譚的公主般的天分，但我仍足以勝任。編不下去時，我只要露出疲憊的神情，就可以獲得休息。

他們問了一個小時左右便離開了。

現在幾點呢？

我不太清楚這裡是幾樓，但是似乎是很高的地方。或許是因爲這個緣故，我很快就知道天快亮了。籠罩在一大片窗戶的黑暗逐漸轉淡。

樓下的機車聲越來越近了。機車走走停停，令我想到：啊，是送報的。

我睡不著，一旦過了三點，早晨就比夜晚離我們更近了。這麼一來，馬上就會聽到那個聲音。我心想，得快點入睡，但是心情反倒更加難以平靜。

但是我現在沉浸在一片不可思議的安詳之中。明明徹夜未眠，腦袋卻不覺得昏沉，反倒變得清晰。

我彷彿不是躺在床上，而是徜徉在某個寧靜的空間裡。自從長大之後，這是我第一次覺得如此無牽無掛、輕鬆愉快。

——爲什麼呢？

我方才下床，輕輕掀開白色窗簾。晨曦照了進來，我感覺自己對著第一道曙光微笑。

我不擔心你，你一定會回到我身邊。因爲你沒有不來的道理。

接下來，我想和你去一個地方。老公，我們連蜜月旅行都沒有，你會撥空陪我去吧？

我想去岩手山中，那裡現在積的雪比你我的頭還高。

因爲太陽從東邊升起，趕走夜晚，所以那裡的第一道曙光比這裡更早。小巧的雪粒在清冽的空氣中如細砂糖般閃爍。

那裡的小河邊有一片森林。沒錯，那就是「老爺爺」老師告訴我的原始森林。從前，在人類拓展居住地，砍伐樹木之前，日本到處都是這種森林。

現在若是不好好愛惜保護，那些存於大自然裡的生命就會逐漸消失。

開山時，我們穿雪鞋去。靠近林道一帶，人們亂丟空罐，我們替這片森林整理乾淨。這麼一來，森林就會高興地迎接我們。樹木會搖曳枝椏，地面會有春龍膽指尖大小的可愛花朵對我們說：「歡迎你們，今年我們又見面了。」

樹木從河川吸取水分，同時向下扎根防止洪水；像燭火的七葉樹供給蜜蜂花蜜；樹上的果食餵養鳥及小動物。

栗鼠和老鼠帶走掉落地面的種子。這對樹木而言雖然是一項困擾，但是牠們非常可愛。

聽說老鼠會把果實埋在土裡，但是又經常忘記。

因爲老鼠忘了果實，所以地面上往往抽出一排葉芽。想在枝繁葉茂的樹蔭下，拍攝這種自然生態並不容易。即使是高感光度的底片，也得用高速快門才拍得到。樹木的葉片就像層層疊疊的傘，遮住了光線。

我和你踩著黑色的泥土，在鬱鬱蒼蒼的密林中走著。無論我們走到哪，都能聽到像在追逐我們的溪流聲。在水聲的伴奏下，時而聽見嗓音高亢清亮的山雀引吭高歌。

穿過七葉樹、胡桃樹、山毛櫸，不久便可以看到雄偉的樹木。美麗的樹葉隨風搖曳，樹木的數量逐年增加。

前方甚至可以看到樹根分枝向四面八方延伸的群生大樹。大樹盤根錯節，展現強勁的生命力，這樣的地方約莫有方圓十五公尺。

我感動得說不出話來。從樹葉縫隙灑落的一道道陽光，彷彿是連接天與地的金棒。小蜜蜂嗡嗡地從面前飛過。抬頭一看，葉片因爲光線而濃淡各異，幾萬、幾億、幾兆的心形葉片遮去了視野，婆娑地起舞，宛如點描派畫家花上無數的歲月揮舞畫筆，精心描繪的一幅巨作。

不久，一股類似焦糖的香味，悄悄地隨著澄淨沁涼的空氣包圍我們倆。

是的，現在的我與你——就身在桂樹林裡。

（全文完）

# 局裡局外，盡在算計中——關於《盤上之敵》

※本文內容涉及《盤上之敵》重要情節，請斟酌是否繼續閱讀。

策劃製作綜藝節目的末永純一，某日午后返家，發現家裡周遭被警方團團圍住；他停在路邊撥打家裡的電話，發現自己的住家被逃犯佔據，犯人用手上的霰彈槍脅持末永的妻子友貴子，和警方形成對峙的狀態。石割要求末永協助自己逃亡，而末永則要確保友貴子的安全——這是北村薰作品《盤上之敵》一書情節發展的初始架構，書名《盤上之敵》的意思，即是代表白方國王的末永與代表黑方國王的犯人石割，在虛擬的棋盤上展開對奕。

雖然都提到西洋棋，但《盤上之敵》與雷維特的《法蘭德斯棋盤》並不相同。《法蘭德斯棋盤》當中有個殘局待解，雷維特因此加入了不少西洋棋知識，甚至倒推棋步以解謎團——加入大量知識性的資訊，本來就是雷維特小說的特色之一；《盤上之敵》沒有直接使用這類資料，但仍巧妙地在故事裡移植了西洋棋戲的部份特點。《法蘭德斯棋盤》

與《盤上之敵》皆以西洋棋做爲重要元素，但除了內容主題完全不同之外，在對西洋棋局的應用上頭，也呈現出大相逕庭的處理方式：《法蘭德斯棋盤》的核心是幅古畫中的殘局，故事裡的角色們一面回推棋步，想要找出畫家隱在其中的弦外之音「誰殺了畫中的騎士」，殺害主角身旁角色的現代兇手則以在繼續殘局中的棋步，來昭告自己謀殺的順序，以及挑戰解謎角色們的推理。

而《盤上之敵》裡雖無眞正的棋局，但北村薰爲了這盤棋，部署了多層次的局。

最明顯的棋局，自然是末永與石割的對戰。以故事的章節看起來，《盤上之敵》分爲〈第一部　佈棋〉、〈第二部　序盤戰〉、〈第三部　中盤戰〉、〈第四部　終盤戰〉以及〈第五部　戰役過後〉幾個段落，正好也對應了末永與石割之間的狀況：在第一部裡，北村薰交代了石割如何弄到霰彈槍以及末永與友貴子如何相識，在第二部的一開始便直接進入末永開車回家、發現自宅被石割佔據的橋段，第三部裡末永開始進行表面上看來是要協助石割逃亡、實際上卻另有盤算的做戰方案，直到第四部的末尾，整個計劃可說是大功告成。

不過，北村薰眞正精采的佈局，其實著落在另一個層面上。

除了第一部的第一章〈黑國王登場〉以及第三、四部之間插入章節〈中場休息　旁觀者的觀點〉外，整個故事大致是由白國王末永及白皇后友貴子的第一人稱敘述構成，友貴子的部份從第一部第二章〈白皇后發言〉開始，談的是自己過往的經驗，以及在書店收銀台工作時與某人相遇的事，末永的部份則由第一部第三章〈白國王發言〉開始，描述自己在電視台擔任的工作，以及與友貴子在書店的邂逅。在閱讀的過程中，我們不難發現：末永如同其他以第一人稱視點出發的主述者一樣，負責帶領我們進行整個主線情節；但友貴子的回憶及想法，究竟有什麼意義？

關於友貴子敘述的作用，得到故事後半才開始明朗。

在前兩部當中，友貴子的發言大多圍繞在關於「男性／女性」的議題上以及幼時回憶，直到第三部，她的回憶進入國中階段，回憶裡的關鍵人物「兵頭三季」才正式登場；而隨著兵頭三季與友貴子互動的情節推進，形成友貴子畏縮個性的原因以及她執著在性別議題的發言理由於是昭然若揭——友貴子從國中開始便遭兵頭三季欺負，上高中後，兵頭三季甚至教唆男子性侵友貴子；在這些情節當中，我們也能夠確定：故事中幾乎可視爲「絕對之惡」的兵頭三季，正是「黑皇后」的化身。

倘若對西洋棋稍有瞭解，便會知道，「皇后」其實是棋盤上最強的一個棋子。

相對於惡念現世集合體的兵頭三季，身爲「白皇后」的友貴子似乎一路都處於被欺負的弱勢，顯不出什麼最強棋子的姿態；但在第三部接近尾聲、高中的友貴子被兵頭三季逼到絕路時，出現了友貴子從社團裡學到毒物萃取方法的橋段，緊接著在第四部的起始，北村薰向我們揭露了兵頭三季已被友貴子所殺的事實，這個另佈的局，才瞬間豁然開朗。簡而言之，末永的敘述以對抗黑國王的白國王角度進行戰鬥，友貴子的敘述，則拉長時間線，講述黑皇后與白皇后之間長久以來的糾葛。

黑白兩方的抗爭，到了第四部開始時，終於連結在一起。

藉由第四部第一章〈白國王回顧戰役〉裡末永的回想，我們終於發現，這盤我們一直以爲是黑白國王對戰的棋局，其實還得考慮黑白皇后的因素：石割侵入末永家中，發現兵頭三季的屍體，以爲是這家的男主人殺掉了自己的妻子，因此當末永打電話回家時，石割認爲自己握有末永的把柄，末永一定會設法協助自己逃亡；而末永必須面對的問題，是如何在警方已經包圍自宅的時候，一次解決掉石割這個逃犯以及兵頭三季的屍體？

倚仗自己製作電視節目的長才，末永擬定了大膽的計劃。

利用電視台的轉播車以及與石割裡應外合的議定條件，末永成功地將石割接出住宅，開始逃亡；更在途中利用友人與自己款式相同的轎車，轉移了尾隨而至的警方注意力。雖然不知道北村薰是否故意如此安排，但西洋棋規則裡，有個特殊的走法叫「王車易位」，指的是在特定的情況下，可以讓國王橫移兩格，再把車（Rook，走法與象棋裡的『車』相同，棋子呈現城堡形狀，故也稱爲『城堡』）調來國王的旁邊，看起來彷彿兩子互換位置；末永的這個技巧，正好與這個規則的名稱相互呼應。

直到第四部〈白國王的殺手鐧〉一章，所有線索才全數收攏。

白國王末永替白皇后友貴子處理了兵頭三季的屍體，友貴子則在無意中協助末永解決了逃犯石割的性命；其實兩人毫無關係、卻因或長或短的惡行而被湊到一塊兒的黑皇后兵頭三季與黑國王石割，終究輸掉了這盤棋。末永面對石割與警方，佈置了兵行險著的局，而北村薰面對讀者，也利用敘事觀點及時空剪接的方式，部署了一盤精密巧妙的棋。

如同眞正的棋賽，在起始部署的時候，時常還看不出什麼端倪。

但當一切局勢撥雲見日、我們再回首審視的時候，便會發現，北村薰的棋局佈置精巧細膩，不但身陷局中之局的故事角色們遵從著他的計劃前進，就連站在局外旁觀、我們的種種反應，也全在他的計算之中。

本文作者簡介

**臥斧**

雄性。想做的事情很多。能睡覺的時間很少。工作時數很長。錢包很薄。覺得書店唱片行電影院很可怕。隻身犯險的次數很頻繁。出了六本書。喜歡說故事。討厭自我介紹。

國家圖書館出版品預行編目資料

盤上之敵／北村薰著／張智淵譯； --.初版.- 臺北市；
獨步文化：家庭傳媒城邦分公司發行, 民 97.06
面 ； 公分. --（北村薰作品集：01）
譯自：盤上の敵
ISBN 978-986-6954-94-8（平裝）

861.57 97006939

北村薰
作品集01
盤上之敵

原著書名／盤上の敵
原出版社／講談社
作 者／北村薰
翻 譯／張智淵
副總編輯／林毓瑜
責任編輯／簡敏麗
總 經 理／陳蕙慧

發 行 人／涂玉雲
行銷業務部／尹子麟
版 權 部／王淑儀
出 版／獨步文化
城邦文化事業股份有限公司
100台北市中正區信義路二段213號11樓
電話：(02) 2356-0933 傳眞：(02)2351-6320、2351-9179
發 行／英屬蓋曼群島商家庭傳媒股份有限公司城邦分公司
104台北市中山區民生東路二段 141 號 2 樓
讀者服務專線：(02) 25007718；25007719
24 小時傳眞服務：(02) 25001990；25001991
服務時間：週一至週五 上午09:30～12:00 下午13:30～17:00
讀者服務信箱 E-mail：service@readingclub.com.tw
劃撥帳號：19863813 戶名：書虫股份有限公司
總 經 銷／大和書報圖書股份有限公司
電話：(02)8990-2588；8990-2568 傳眞：(02)2290-1658；2290-1628
香港發行所／城邦（香港）出版集團有限公司
香港灣仔軒尼詩道 235 號 3 樓
電話：(852) 25086231 傳眞：(852) 25789337
E-mail：hkcite@biznetvigator.com
馬新發行所／城邦（馬新）出版集團
11, Jalan 30D/146, Desa Tasik, Sungai Besi, 57000 Kuala Lumpur, Malaysia
電話：(603) 9056 3833 傳眞：(603) 9056 2833

美術設計／戴翊庭
排版／浩瀚電腦排版股份有限公司
印刷／中原造像股份有限公司

城邦讀書花園
www.cite.com.tw

■ 2008年（民 97）6 月初版
**定價／300 元 HK 100 元**


ISBN 978-986-6954-94-8
Printed in Taiwan

BANJOU NO TEKI